Daniela Stern

Das liebste Pony der Welt

Daniela Stern

Das liebste Pony der Welt

Mit Illustrationen von Imke Kretzmann

Ravensburger Buchverlag

Als Ravensburger Taschenbuch
Band 54389
erschienen 2013

MIX
Aus verantwortungsvollen Quellen
FSC® C114500
FSC
www.fsc.org

Jubiläumsausgabe
50 Jahre Ravensburger Taschenbücher

Diese Sonderausgabe enthält zwei Bände der Serie „Pony Peppermint“,
erschienen im Ravensburger Buchverlag:
„Kleines Pony, großer Held“ (Band 3, erstmals erschienen 2011),
„Abenteuer am Strand“ (Band 4, erstmals erschienen 2011).

Umschlaggestaltung: Anne Seele
unter Verwendung einer Illustration von Imke Kretzmann
Innenillustrationen: Imke Kretzmann

Printed in Germany

ISBN 978-3-473-54389-2

www.ravensburger.de

Inhalt

Pony Peppermint

Kleines Pony, großer Held

Inhalt

Ausflug zum Strand

„Du bist ja noch aufgeregter als ich." Holly schmunzelte, als sie Peppermint den Sattel auflegte und das Pony dabei nervös mit dem Vorderhuf scharrte. „Unser erster Ausritt zum Strand. Ich freu mich schon so!"

Der kleine Schecke schnaubte.

Holly zog den Sattelgurt etwas fester an und Peppermint zuckte zusammen.

„Das kitzelt, was?" Holly stupste ihn am Bauch.

Ein leises Brummeln war die Antwort.

Holly lachte. Dann schlang sie beide Arme um seinen Hals. „Du bist das tollste Pony der ganzen Welt!"

Peppermint richtete aufmerksam die Ohren nach allen Seiten.

„Was ist denn?“

Das Pony antwortete mit einem Schnauben.

„Ach, ich verstehe! Du hast Meggy gehört.“

Das kleine Glöckchen an ihrem Halsband bimmelte, als die Ziege Meggy um die Ecke galoppierte. Sie trippelte um Holly und Peppermint herum und knabberte erwartungsvoll an Hollys Hosentasche.

„Tut mir leid, Meggy. Heute gibt's kein Leckerli für dich!“

Die Ziege meckerte enttäuscht. Holly strich zärtlich über ihr struppiges weißes Fell.

Von allen Tieren auf dem Apfelblütenhof war Meggy Peppermints beste Freundin. Wenn er ihr Glöckchen hörte, schnaubte er zufrieden und manchmal wieherte er sogar nach ihr. Meggy schlief bei Peppermint im Stall und beide fraßen aus einem Trog.

„Jetzt geht's los, Meggy! Heute kannst du aber nicht mit. Ich reite zum Strand. Das ist zu weit für dich!“ Holly gurtete noch einmal nach und setzte ihren Rucksack auf. Sie schwang sich in den Sattel, nahm die Zügel auf und rief: „Scheee-ritt!" So hatte sie es von Annie gelernt. Dabei schnalzte sie mit der Zunge. Peppermint lief los und Meggy sprang erschrocken zur Seite.

Auf dem Weg zur Ponyweide begegneten sie Annie. Sie war die Besitzerin des Apfelblütenhofs. Sie liebte Tiere über alles, konnte Traktor fahren und die besten Kuchen der Welt backen. Holly bewunderte sie sehr.

„Viel Spaß, ihr zwei!", rief Annie den beiden entgegen. „Und passt gut auf euch auf!"

„Klar, kennst uns doch!" Holly winkte fröhlich zurück und grinste.

„Wenn du David siehst, sag ihm, dass er nicht ohne einen Fisch nach Hause kommen darf! Sonst war's das nämlich mit dem Abendessen!"

„Mach ich, Annie! Dann bis bald!" Holly gab Peppermint einen leichten Druck mit den Schenkeln. „Teee-rab!"

Peppermint trabte folgsam an. Sie ritten über

die Wiese hinter dem Apfelblütenhof. Sie war mit leuchtend gelbem Löwenzahn übersät. Zitronenfalter und ein Pfauenauge flatterten durch die milde Luft. Die Morgensonne schien vom strahlend blauen Himmel und ein leichter Wind wehte Holly um die Nase.

Bald ließen sie Wiese und Feld hinter sich und erreichten eine kleine Holzbrücke. Darunter plätscherte der Krötenbach über die dicken Kieselsteine. Mit hohen Gummistiefeln stand David bis zu den Knien im Wasser und angelte. David war Annies Neffe und lebte bei ihr auf dem Apfelblütenhof. Er konnte richtig gut mit Maschinen umgehen und war wie ein großer Bruder für Holly.

Holly parierte Peppermint zum Schritt. „Peppermint, wir machen eine kleine Pause. Brrrrr!“, flüsterte sie dem Schecken ins Ohr und brachte ihn zum Stehen. Sie ließ sich langsam aus dem Sattel gleiten. „Pssst! Sei schön leise. Wir dürfen die Fische nicht verscheuchen, sonst wird David sauer.“

Peppermint schlug mit dem Kopf. Es sah aus wie ein Nicken.

„Na, was macht ihr denn hier?“, wollte David wissen. Im selben Moment bog sich die lange Rute. Mit aller Kraft drehte er die Spule und holte die Angelschnur ein. Eine dicke Forelle zappelte am Haken.

„Das ist ja ein fetter Fang!“ David freute sich. „Für das Abendessen wäre schon mal gesorgt.“

Armer Fisch!, dachte Holly und verzog das Gesicht. Warum hast du nur in den Köder gebissen!

David wusste, dass Holly Mitleid mit den Fischen hatte. Doch er übersah ihren strafenden Blick und nahm die Forelle vom Haken. Er angelte gern.

„Wohin reitet ihr?“, fragte er neugierig.

„Zum Strand! Und wenn wir Lust haben, reiten wir bis ans Ende der Welt und weiter!“

David musste lachen. „Hört sich gut an. Na, dann mal los, ihr zwei.“ Er warf die Angelschnur wieder aus. „Und viel Spaß!“

Holly führte Peppermint über die Krötenbrücke,

saß auf und trieb den Schecken wieder an. Sie durchquerten den Wald im leichten Trab. Erst als Holly die Dünen sah, schnalzte sie mit der Zunge und rief: „Galopp!“

Peppermint buckelte vor Übermut dreimal. Holly hatte alle Mühe, sich im Sattel zu halten, doch dann fiel Peppermint in einen gleichmäßigen Galopp. Dumpf schlugen die Hufe auf den festen Sandboden. Das hörte sich an wie: Pep-per-mint, Pep-per-mint, Pep-per-mint.

Hollys Herz klopfte laut vor Freude und Aufregung. Sie galoppierten schneller als der Wind. Es war wie in Hollys Träumen – aber jetzt war der Traum Wirklichkeit geworden. Nur sie allein durfte Peppermint reiten.

Holly wuschelte ihm durch die Mähne. Ein leises Wiehern drang aus seiner Kehle. „Wir zwei sind ein richtig gutes Team!“, flüsterte Holly Peppermint ins Ohr. Sie vergrub ihr Gesicht in seiner Mähne und atmete tief ein. Sie liebte Peppermints Geruch.

Vor ihren Augen breitete sich das Meer bis zum Horizont aus. Die Strahlen der Mittagssonne tanzten auf den Wellen und der Wind wehte ihnen entgegen. Sie galoppierten den Strand entlang. Peppermints Mähne flatterte mit Hollys rotblondem Zopf um die Wette. Laut lachend rief sie: „Schneller, Peppermint, schneller!“

Nach einem langen Galopp zügelte sie Peppermint. In gleichmäßigem Trab ritten sie die Strandstrecke wieder zurück. Holly atmete die salzige Luft ein. Möwen kreisten über ihnen. Es klang, als würden sie die beiden auslachen.

Holly streichelte Peppermint über die Mähne. Sie beugte sich zufrieden nach vorn und schlang die Arme um den Hals ihres geliebten Ponys. Kurz vor den Dünen parierte sie den Schecken mit einem leisen „Brrrrr!“ und strich ihm über den Hals. „Hier ruhen wir uns erst mal aus.“

Peppermint schnaufte heftig.

„Du schwitzt ganz schön! Kein Wunder. Das war eine lange Strecke. Und ein ganz schönes Tempo!“ Holly ließ sich aus dem Sattel gleiten. Sie kramte in ihrem Rucksack und holte eine Handvoll Leckerli für Peppermint hervor. „Wir bleiben noch ein bisschen hier, okay?“

Holly ließ ihren Blick schweifen und lauschte dem Rauschen der Wellen. Peppermint zupfte am Gras. „Was für schöne Ferien!“ Glücklich lehnte sich Holly an Peppermint und genoss die warme Sonne. „Ist es nicht toll? Eine ganze Woche mit dir auf dem Apfelblütenhof. Endlich hab ich ganz viel Zeit für dich!“

Peppermint stupste sie liebevoll an. Dann schnupperte er an ihrem Rucksack, um noch ein paar Leckerli zu ergattern.

Holly streichelte seine Nüstern. „Mehr hab ich leider nicht für dich, du kleiner Fresssack!“

Peppermint verzog beleidigt das Maul. Holly ließ sich in den Sand fallen. Dabei kullerte ein Apfel aus ihrem Rucksack direkt vor Peppermint. Und – schnapp! – war er aufgefressen.

„Du frecher Kerl! Das war mein Apfel! Aber wer kann dir schon böse sein?“ Holly musste lachen. Ein perfekter Tag, dachte sie.

Das Wasser kam näher, die Wellen wurden höher und der Strand schmaler. Bald würde die Flut kommen. Holly streichelte Peppermint. „Wir reiten jetzt gemütlich nach Hause! Und wenn wir angekommen sind, gibt’s bestimmt was zu essen für uns alle!“ Sie schwang sich in den Sattel und Peppermint trottelte los. Er kannte den Weg zurück: über die Dünen, durch den Wald, über die Krötenbrücke und die Wiese, vorbei an den Weiden nach Hause zum Apfelblütenhof.

Als sie an der Ponyweide vorbeikamen, galoppierten ihnen vier Ponys wiehernd entgegen: Flocke, Speedy, Sternchen und Prinz. Holly winkte ihnen zu und Peppermint schnaubte fröhlich. Bis zum Hof ritten sie im Schritt.

Vor der Scheune rutschte Holly aus dem Sattel. Sie brachte Peppermint in den Stall und sattelte ihn ab. Liebevoll rieb sie ihn mit Stroh ab und warf ihm noch eine Lage Heu zu. „Dein Futter hast du dir heute wirklich verdient. Und mir knurrt auch schon der Magen! Ich bring dich nach dem Essen zu den anderen auf die Weide!“, vertröstete sie das Pony. „Tschüss, bis gleich!“

Seltsam, dachte Holly, als sie die Nase in das offene Küchenfenster steckte. Weit und breit war keiner zu sehen. Nur Kater Charly kam ihr mit aufgestelltem Schwanz entgegen und strich ihr um die Beine. Holly lief wieder auf den Hof. Alles wirkte wie ausgestorben. Wo konnten Annie und David nur sein?

Stürmische Ankunft

Ein schrilles Wiehern drang vom Parkplatz. Komisch!, dachte Holly. Die Ponys auf der Weide, Peppermint im Stall? Wer konnte das sein?

Sie lief ums Haus zum Parkplatz und stutzte. Da waren David und Annie also. Aber sie waren nicht allein. Als Hollys Blick auf einen Pferdehänger fiel, blieb ihr der Mund offen stehen. Groß und silbern glänzend sah er ganz anders aus als das klapprige Modell vom Apfelblütenhof.

Ein schmales, dunkelhaariges Mädchen stand hinter dem Doppelhänger, daneben standen ein beleibter Herr und eine elegante Dame. Die drei wirkten hilflos und erschöpft.

Im Hänger wieherte und polterte es furchterregend. Das ganze Gespann schwankte bedrohlich.

„Und was jetzt? So tun Sie doch was!“ Die Dame warf Annie einen flehenden Blick zu.

„Beruhigen Sie sich, Frau Simon. Das wird schon!“, sagte Annie.

„Allein ihn zu verladen war schon lebensgefährlich! Fast hätte er mich getreten!“, entrüstete sich der beleibte Herr.

„Sicher hat sich das Pony richtig in Panik hineingesteigert“, vermutete Annie.

„Toby fährt nicht gerne im Hänger, Papa, das weißt du doch“, sagte das Mädchen kleinlaut. Ihr Vater zuckte verständnislos mit den Schultern.

Holly ging auf die Gruppe zu.

„Schön, dass du kommst, Holly! Das hier sind Herr und Frau Simon mit ihrer Tochter Sarah“, stellte Annie die Familie vor.

Holly gab jedem die Hand.

„Toby habe ich noch nicht kennengelernt. Der scheint nicht an neuen Bekanntschaften interessiert zu sein!“, sagte Annie. Sie hatte ihren Humor offensichtlich noch nicht verloren.

„Wer ist denn Toby?“, wollte Holly wissen.

„Toby ist mein Pony“, antwortete Sarah schnell. „Er ist etwas ganz Besonderes und außerdem …“

„… und außerdem eine Gefahr für uns alle“, fiel der Vater ihr ins Wort.

„Sie haben ihn hergebracht, damit Annie ihm die Flausen austreibt“, witzelte David und zwinkerte Holly zu.

„Mein Lieblingspony Peppermint hat Annie auch wieder hingekriegt“, meinte Holly.

„Na, aber nur mit deiner Hilfe!“, gab Annie das Lob an Holly zurück. Holly wurde rot wie ein Radieschen.

„Ja, die zwei haben in kurzer Zeit aus einem verängstigten Zirkuspony einen verlässlichen Kumpel gemacht. Mit viel Geduld und Spucke!“, bestätigte David.

„Bei Toby hilft keine Spucke mehr. Da hilft nur noch die Peitsche“, meinte Herr Simon verärgert. Sarah sah ihren Vater traurig an und Sarahs Mutter zupfte peinlich berührt an ihrem seidenen Tuch.

„So dürfen Sie das nicht sehen! Mit der Peitsche erreichen Sie gar nichts. Das macht dem Pony nur Angst!“, versuchte Annie Herrn Simon zu beruhigen. „Da helfen nur Liebe, Geduld und Vertrauen!“

Herr Simon zeigte sich unbeeindruckt. „Und wie kriegen wir das Pony da jetzt lebend raus?“, wollte er wissen. „Ich meine, bevor es den Hänger noch zusammenschlägt? Der war nämlich teuer genug!“

„Till, sei nicht so unfreundlich!“, flüsterte seine Frau und legte ihm die Hand auf die Schulter.

Im Sonnenlicht blitzten die Brillanten ihres Ringes auf.

Die sind bestimmt reich, vermutete Holly. Sicher werden sie Annie belohnen, wenn sie ihnen hilft. Ein bisschen Geld würde dem Apfelblütenhof guttun!

David schmunzelte, als hätte er Hollys Gedanken gelesen.

Aus dem Hänger dröhnten heftige Tritte und aufgebrachtes Wiehern.

„Wir müssen Toby erst einmal beruhigen!“ Annie holte einen Korb mit Äpfeln und gab David ein paar kurze Anweisungen.

Sie öffnete die Seitentür des Hängers und krabbelte hinein. Holly blieb in sicherem Abstand stehen und lugte neugierig ins Innere.

Da sah sie ein großes, schlankes Pony mit glänzendem Fell. Es zitterte am ganzen Leib, blähte die Nüstern und wieherte beängstigend. Erschrocken blickte es auf Annie, die ein paar Äpfel in seinen Trog kullern ließ.

Erst beäugte Toby die Leckereien misstrauisch. Doch dann schnappte er sich einen Apfel und kaute zufrieden. Behutsam streckte Annie ihre Hand aus und strich ihm über das nass geschwitzte braune Fell. Toby ließ es sich gefallen.

Als David aber die Hängerklappe langsam öffnete, war alle Freude über die Äpfel vergessen. Das Pony zerrte am Strick und versuchte rückwärts hinauszustürmen. Doch der Querbalken versperrte ihm den Fluchtweg.

Vorsichtig löste Annie den Strick und hielt ihn fest. Mit leiser Stimme redete sie auf Toby ein und reichte ihm noch einen Apfel. Toby wurde wieder ruhig und schlang den Leckerbissen hinunter.

Auf ein Zeichen von Annie hob David die Sicherung aus dem Haken. Toby ließ sich von Annie über die Rampe aus dem Hänger führen. Seine Ohren zuckten nervös. Kaum spürte er festen Boden unter den Hufen, machte er auch schon einen Riesensatz. Annie konnte sich gerade noch mit einem Sprung zur Seite retten.

„Puh, der hat aber Feuer!“, stöhnte Annie auf. „Nun mal gaanz ruhig, mein Guter, gaanz ruhig!“, sagte sie mit sanfter Stimme. Es klang wie eine beruhigende Gebetsformel und das half.

Da stand es nun – ein braunes, elegantes, zitterndes Pony.

„Der Anfang wäre gemacht! Kompliment!“ Herr Simon nickte anerkennend und atmete erleichtert auf. Sarah beobachtete Toby schweigend mit traurigem Blick.

Holly ging auf sie zu. „Mach dir keine Sorgen. Annie schafft das schon mit ihm, ganz sicher!“

Sarah warf ihr einen hoffnungsvollen Blick zu. Dann aber zuckte sie zusammen. Toby scharrte mit dem Vorderhuf, blähte die Nüstern und schnaubte laut. Wiehernd bäumte er sich auf, stellte sich auf die Hinterbeine und schlug mit den Vorderhufen wild durch die Luft.

Sarah und ihre Eltern sprangen erschrocken zur Seite.

Doch Annie blieb ruhig und ließ den Strick nicht los. Toby wieherte angstvoll. Noch einmal zerrte er wild am Strick. Dann schien er aufzugeben. Zitternd und mit hängendem Kopf blieb er neben Annie stehen.

Holly war überrascht. Wie konnte sich ein Pony von einer Sekunde auf die nächste so verändern? Sie betrachtete das nass geschwitzte Tier. Seine Augen funkelten. Sie konnte den Blick gar nicht von ihm lassen.

„Ist der hübsch!“, sagte sie. „Er sieht aus wie ein kleines Vollblut!“

Sarah warf Holly einen stolzen Blick zu.

Pfannkuchen mit Apfelmus

Als sei nichts geschehen, ließ sich Toby von Annie über den Parkplatz führen. Fünf verdutzte Augenpaare folgten den beiden.

„Das Schlimmste wäre schon mal geschafft!", meinte David. „Annie bringt ihn in den Stall. Da kann er sich erst einmal von der Aufregung erholen."

In gebührendem Abstand folgten Holly, David und Familie Simon. Billi und Bo, die beiden Hofhunde, hatten das Spektakel aus sicherer Entfernung beobachtet. Sie trauten sich wieder aus ihrer Hütte und begrüßten die Gäste mit wedelnden Schwänzen.

„Wird schon alles werden!", sagte David, ging vor und öffnete die Stalltür.

„Man muss nur fest dran glauben", grummelte Herr Simon. „Dieses Pony kostet mich noch den Verstand! Wir hätten den Teufelsbraten längst eintauschen sollen."

„Aber Till, keiner konnte das ahnen", versuchte Frau Simon ihren Mann zu besänftigen.

Holly lächelte Sarah aufmunternd zu. „Mach dir keine Sorgen. Annie wird das schon hinkriegen", sagte sie. „Keiner kann so gut mit Tieren umgehen wie sie!"

Sarahs Vater runzelte die Stirn. Er schien wenig überzeugt, dass bei Toby noch irgendetwas hinzukriegen war.

Und tatsächlich: Kaum hatte Annie Toby in den Stall geführt und ihm das Halfter abgenommen, schlug das Pony auch schon wild aus und schnappte nach ihr.

Sarah kämpfte mit den Tränen. Holly spürte, wie gern sie Toby hatte. Sarah tat ihr leid. Nur zu gut erinnerte sie sich an ihre erste Begegnung mit Peppermint. Er war auch so ängstlich gewesen, als er auf dem Apfelblütenhof ankam. Doch dann hatte sich etwas Wunderbares ereignet und Peppermint war ihr allerbester Freund geworden. Wie sehr wünschte sie sich für Sarah, dass sie das Gleiche erleben durfte!

Sarah schluckte ihre Tränen tapfer herunter. Behutsam ging sie auf Toby zu. „Ich bin's doch", flüsterte sie zärtlich. Vorsichtig streckte sie die Hand aus, um ihm durch die Mähne zu streichen. Doch Toby legte die Ohren an und bleckte die Zähne.

Blitzschnell zog Sarah ihre Hand zurück. Sie lehnte sich enttäuscht an die Scheunenwand.

„Ihr solltet euch das Tier aus dem Kopf schlagen", sagte Herr Simon kopfschüttelnd. „Das ist doch kein Pony für ein neunjähriges Mädchen!"

Sarah warf ihrem Vater einen so traurigen Blick zu, dass er nach ihrer Hand griff. „Tut mir leid, Sarah, aber es ist so, wie es ist."

Sarah schluchzte auf. Holly stand hilflos daneben.

Meggys Glöckchen bimmelte. Mit einem Satz

sprang sie auf die Futterkiste vor Tobys Stall. Sie legte den Kopf schräg und beäugte das neue Pony. Als Toby die Nase hob, um sie zu beschnuppern, hielt sie ganz still.

„Er scheint ihr zu gefallen. Na prima. Dann hat Toby gleich ein bisschen Gesellschaft. Das wird ihm guttun!“ Annie war zufrieden.

Sarah wischte sich die Tränen aus den Augen. „Bitte, liebe Annie, bitte tun Sie was für Toby! Ich möchte ihn nicht verlieren. Ich hab ihn doch so lieb!“

Annie zupfte sich am Ohrläppchen, wie immer, wenn sie über etwas nachdachte. Sie drückte Sarah herzlich. „Ich versuch mein Bestes. Versprochen! Aber jetzt mache ich uns erst einmal Pfannkuchen mit Zimtzucker und Apfelmus. Danach lässt es sich viel leichter sprechen.“

Ein Lächeln flog über Sarahs Gesicht. Annie legte ihren Arm um sie und schob sie aus der Scheune zum Haus. Herr und Frau Simon folgten ihnen mit David.

Holly blieb zurück und betrachtete Toby. Er stand mit hängendem Kopf im Stall. Er tat ihr leid.

Dann streichelte sie Peppermint, der neugierig über die Stallwand zu Toby schielte. „Du leistest ihm heute ein bisschen Gesellschaft, nicht wahr? Für ihn ist doch alles hier so fremd. Und hab keine Angst. Bestimmt ist er nicht so böse, wie er tut. Ich weiß, du verstehst das. Morgen darfst du wieder auf die Weide zu deinen Freunden."

Peppermint schnaubte. Er hatte sie verstanden. Das wusste Holly.

„Hm, das duftet aber herrlich!" Holly sog die Luft tief ein, als sie in die Küche kam.

„Fast so gut wie Backäpfel im Winter", schwärmte Frau Simon.

„Ja, ich rühre immer eine Prise Zimt in den Teig", verriet Annie. Sie reichte David sechs Teller. „Holly, hilfst du David bitte beim Tischdecken?" Annie deutete mit dem Kopf zum alten Bauernschrank. „Die guten Gläser findest du dort."

Während das Öl in der Pfanne brutzelte und sich der Duft nach frisch gebackenem Teig im ganzen Haus verbreitete, legte sich die aufgebrachte Stimmung schnell. Selbst Herr Simon entspannte sich. Als Annie dann noch die Pfannkuchen schwungvoll in der Luft wendete, mussten alle lachen.

Beim Essen erzählten Annie, David und Holly vom Apfelblütenhof, von den Tieren, vom Getreide, das sie in diesem Jahr anbauen wollten, und vom Scheunendach, das längst repariert werden müsste. Sarah und ihre Eltern hörten interessiert zu.

Erst als der Pfannkuchenberg vertilgt war, fragte Herr Simon vorsichtig: „Was machen wir denn nun?"

Holly platzte mit einer Antwort heraus: „Ganz einfach! Ich zeige Sarah den Apfelblütenhof." Holly sprang auf und nahm Sarahs Hand. „Kommst du mit?"

„Ja, gern!", antwortete Sarah. Sie warf ihren Eltern einen fragenden Blick zu.

„Na, geh schon!", ermunterte ihre Mutter sie. „Wir besprechen mit Annie alles Weitere in Ruhe!"

Holly hatte keinen Zweifel daran, dass Annie eine gute Lösung für Toby finden würde. Sie meinte doch immer: Es gibt keine bösen Pferde, es gibt nur Menschen, die sie falsch behandeln.

Was ist los mit Toby?

„Wir fangen mit der Ponyweide an!“, entschied Holly. Aus einem geflochtenen Korb vor der Tür schnappte sie sich vier kleine Äpfel und stopfte sie in ihre Hosentasche. Dann hakte sie sich bei der verdutzten Sarah ein und zog sie mit sich. Die beiden Mädchen waren noch nicht am Weidegatter angekommen, da galoppierten auch schon vier Ponys wiehernd auf sie zu. Holly drückte Sarah zwei Äpfel in die Hand. „Damit machst du dich beliebt!“, meinte sie. „Einen für Speedy, das ist der Braune – und einen für Flocke – das ist die Fuchsstute neben ihm. Der Rappe heißt Prinz und das hübsche Schimmelmädchen haben wir Sternchen getauft.“

Im Nu waren die Äpfel verschlungen.

„Heute Abend hab ich noch mehr für euch!", vertröstete Holly die vier.

Sarah strich Sternchen liebevoll über die Mähne. Holly beäugte Sarah neugierig. Sie spürte, dass sie die Ponys mochte.

„Aber sag mal, was ist eigentlich mit Toby los?" wollte Holly neugierig wissen.

Stockend begann Sarah ihre Geschichte. „Ach, weißt du, mein Vater war von Anfang an gegen ein edles Pony", fing sie an zu erzählen und kraulte dabei Sternchen am Ohr. „Wäre es nach ihm gegangen, hätte er für mich erst mal so ein süßes Zotteltier gekauft. Eins, mit dem ich Spaß haben sollte und von dem ich nicht so tief falle."

„Du meinst so eines wie die vier hier?" Holly klopfte Speedy, der zufrieden graste.

„Ja, genau so eins. Aber meine Mutter wollte gleich ein richtig gutes Pony für mich. Sie wusste genau, dass ich mich von dem Zotteltier nicht trennen würde. Sie meinte, da wächst man so schnell raus."

„Da ist was dran“, stimmte Holly zu. „Ich würde Peppermint nie gegen ein größeres Pony eintauschen. Ich könnte mich nicht von einem Tier trennen, das ich gern hab.“

„Ja. Das verstehe ich. Mir geht es genau so.“

Die beiden Mädchen kletterten auf den Zaun und ließen sich den frischen Wind um die Nase wehen.

„Na ja, und dann haben wir eben gleich ein blütiges Reitpony gekauft: Toby."

„Was meinst du mit blütig?", unterbrach sie Holly.

„Weißt du, das sind hochgezüchtete, sehr edle Ponys. Sie sind sensibel, klug, lernen schnell und sehen einfach total chic aus. Aber sie lassen sich nicht alles gefallen", erzählte Sarah weiter. „Mit Toby sollte ich Springturniere reiten. Das hatte Mama sich so vorgestellt."

„Springreiterin sollst du werden?" Holly war erstaunt.

„Na ja, also … hm …" Sarah druckste herum. „Meine Mutter war früher eine erfolgreiche Springreiterin. Sie hat irrsinnig viele Pokale gewonnen. Das ganze Wohnzimmer steht voll damit!"

„Hihi!" Holly grinste. „Du meinst doch nicht etwa die silbernen, die man immer putzen muss?"

„Ja, genau die!"

„Hast du denn keine Angst vorm Springen?", wollte Holly wissen.

„Nein, Angst hab ich keine. Ich hab das auf unseren Schulponys gelernt. Die waren zuverlässig und sicher."

Holly stellte sich vor, mit Peppermint zu springen. Wie er sich wohl verhalten würde?

Sarah unterbrach ihre Gedanken und erzählte weiter.

„Toby war auch brav in der Halle. Er ließ sich richtig gut reiten. Er sprang sicher und ich wurde immer mutiger. Alle haben mich beneidet und meine Mutter war stolz auf uns. Bis wir dann zum ersten Turnier gefahren sind. Toby hatte schon im Hänger Angst. Er war so nervös." Sarahs Stimme wurde ganz leise. „Und dann sollte Toby über den Wassergraben springen. Alle Stangen fielen und er kam auf der anderen Seite schlecht auf. Wir sind gestürzt!"

„Oh nein! Und was dann?" Holly blickte sie erschrocken an.

„Gott sei Dank ist uns nichts passiert. Aber seitdem verweigert Toby jedes Hindernis mit

Vollbremsung und hat Angst vor Wasser. Und ich habe mich dann auch nicht mehr sicher gefühlt. Als der Reitlehrer mit der Longiergerte nachhelfen wollte, wurde Toby böse und ging mit mir auf dem Springplatz durch. Und von einem zum anderen Tag war Toby nicht mehr zu reiten."

„Das ist ja eine abenteuerliche Geschichte!", meinte Holly. „Die musst du aber jetzt vergessen. Am besten, du fängst mit Toby ganz von vorn an – einfach gerade aus und nicht zu hoch."

Sarah musste lachen. „Du hast ja so Recht, Holly."

Die Mädchen sprangen vom Holzbalken des Weidezaunes herunter.

„Hast du es schön hier!", schwärmte Sarah und sah sich begeistert um. „Wohnst du auf dem Apfelblütenhof?"

„Nein, aber ich bin hier, wann immer ich kann", sagte Holly. „Ich möchte mit keinem auf der ganzen Welt tauschen. Jetzt zeig ich dir noch die anderen Tiere."

Sie liefen zum Pferch von Hängebauchschwein Rudi. Sarah rümpfte die Nase. „Der stinkt aber!“

„Das ist normal.“ Holly lachte. „Na, hast du schon mal so ein Schwein gesehen?“

Sarah staunte. „Sieht uralt aus mit seinen Falten. Und erst der Bauch!“

„Aber aufgepasst, Sarah! Jetzt kommt die Napoleon-Show.“ Kaum hatte Holly ausgesprochen, sprang der Hahn auch schon mit einem Satz auf den Rücken des Schweins, krallte sich fest und stellte sich stolz in Positur. „Das macht er immer, wenn Besuch kommt. Dann will er beweisen, dass er der beste Reiter auf dem Apfelblütenhof ist!“

Sarah kicherte.

„Und Rudi ist einzigartig. Der macht den Spaß immer mit.“

„Tut das Rudi nicht weh?“

„Ach was!“ Holly winkte ab. „Er hat eine dicke Haut. Ich glaube, das macht ihm sogar Spaß. Seit die beiden sich angefreundet haben, nennen wir ihn auch ‚Rudi das Reitschwein‘!“

Sarah musste kichern. „Das ist ja ein lustiger Zoo, euer Apfelblütenhof!"

„Weißt du, Annie nimmt Tiere auf, die keiner mehr haben will – weil sie krank sind, verletzt, alt oder sonst irgendwie seltsam. Rudi wollte auch keiner mehr haben. Und Napoleon hat einen verletzten Flügel und kann nur noch hopsen. Er kräht zu den unmöglichsten Zeiten. Jeder andere hätte ihn längst geschlachtet. Annie würde das niemals tun. Alle fühlen sich wohl auf dem Apfelblütenhof. Ich auch!" Holly strahlte. „Und jetzt musst du mein liebstes Pony kennenlernen!"

Holly zog Sarah am Arm und die beiden Mädchen liefen zurück zu den Ställen in die Scheune.

„Das ist er. Mein Peppermint!", stellte Holly ihn stolz vor. „Na, eigentlich gehört er mir gar nicht. Aber ich bin im Moment die Einzige, die ihn reiten darf!"

„Ist der süß!", juchzte Sarah.

Sie freute sich, dass der kleine Schecke neben ihrem Pony stand. „Peppermint kommt aus dem

Zirkus, hab ich von David gehört. Stimmt das?", fragte sie neugierig.

„Ja, das stimmt. Annie hat ihn einem Wanderzirkus abgekauft. Da war er mit einem Clown die große Attraktion. Als aber der Tierpfleger das Weite gesucht hat, kam keiner mehr mit ihm zurecht." Holly erzählte Sarah, wie sie aus Peppermint wieder ein zutrauliches Pony gemacht hatten. „Peppermint ist mein allerbester Freund!"

Doch eines verriet sie Sarah nicht: nämlich dass sie Peppermint verstehen konnte und dass er sie verstand – ganz ohne Worte. Das behielt Holly für sich. Das sollte ihr großes Geheimnis bleiben.

So eine Überraschung

Mit lautem Gemecker drängte sich Meggy zwischen Peppermint und die beiden Mädchen. „Ich weiß ja. Du willst auch gekrault werden.“ Holly strich ihr über das Fell.

„Meggy hast du ja schon kennengelernt. Sie ist eine schlaue Ziege, aber manchmal ganz schön frech! Streichle sie doch auch mal!“

„Ihhhh, ist die borstig!“ Sarah erschrak, als Meggy ihr mit der rauen Zunge über die Finger leckte. Blitzschnell zog sie die Hand zurück. Meggy meckerte beleidigt.

Holly musste lachen. Sie nahm einen Apfel aus der Futterkiste und steckte ihn der Ziege zur Versöhnung zu. „Hier! Damit du nicht eifersüchtig bist!“ Dann streichelte sie den Kater, der ihr um

die Beine strich. „Und das hier ist Charly, unser Mäuseschreck. Wohl der Einzige auf dem Hof, der Annie nicht die Haare vom Kopf frisst!“

Sarah strich Charly über das weiche Fell.

„Dann gibt es noch die Katze Mona. Bestimmt schläft sie wieder auf dem Heuboden. Aber sag mal, wie kamt ihr überhaupt auf die Idee, Toby zu Annie zu bringen?“, fragte Holly.

Sarah stöhnte auf. „Das ist eine lange Geschichte. Meine Mutter hat mal einen Film gesehen. Da ist eine Frau mit ihrer Tochter und ihrem völlig durchgedrehten Pferd durch halb Amerika zu einem Pferdeflüsterer gefahren."

Holly grinste Sarah an und konnte das Lachen nicht mehr unterdrücken. „Und hat das Flüstern geholfen?"

„Ach, Holly. Ein Pferdeflüsterer flüstert doch nicht. Nein, ein Pferdeflüsterer ist jemand, der besonders gut mit Pferden umgehen kann, der ganz viel über die Pferdesprache weiß und den Tieren die Angst nimmt."

Holly zuckte die Schultern. „Und dann hat deine Mutter gemeint, Annie wäre auch eine Pferdeflüsterin?"

„Ja", gab Sarah hoffnungsvoll zurück. Sie sah betrübt zu ihrem Pony. Es stand teilnahmslos in seinem Stall. „Mit Toby wurde es nämlich immer schlimmer", fuhr sie fort. „Bald traute sich keiner mehr an ihn ran. Ich konnte ihn auch nicht mehr reiten. Er stand dann nur noch im Stall."

Was für ein trostloses Pferdeleben!, dachte

Holly. „Habt ihr denn keine Weiden, dass er mal mit anderen Pferden rauskonnte?“

Sarah lachte hell auf. „Zu unserem Stall gehören keine Weiden. Das ist ein Turnierstall. Und wir leben in der Stadt. Die meisten Pferdebesitzer haben Angst, dass sich ihre Tiere auf der Weide verletzen könnten oder von anderen getreten werden.“

„Die armen Pferde.“ Holly schüttelte verständnislos den Kopf.

„Na, ja, auf jeden Fall hat eine Freundin meiner Mutter vom Apfelblütenhof erzählt. Sie kennt Annie und war völlig begeistert, wie gut sie mit Tieren umgehen kann und so. Und der Apfelblütenhof ist ja nur zwanzig Kilometer entfernt – also keine Reise durch halb Amerika. So sind wir zu euch gekommen.“

„Das war eine gute Idee!“, sagte Holly überzeugt. „Bestimmt kann Annie euch helfen.“

„Hoffentlich!“, seufzte Sarah. „Meinst du, Toby lässt sich jetzt streicheln?“

Holly schüttelte den Kopf. „Lass ihm ein bisschen Ruhe. Wir gehen besser ins Haus und hören mal, wie es da gelaufen ist."

Sie zog Sarah mit sich. Sie mochte das Mädchen. Sarah liebte Tiere und sie liebte ihren Toby. Das gefiel Holly.

Als sie in die Küche kamen, tranken die Erwachsenen Kaffee und unterhielten sich über das Leben auf dem Land.

„Wie schön Sie es hier haben!", sagte Sarahs Mutter.

Annie packte zwei Einweckgläser in ein Leinensäckchen. „Und wenn Sie erst einmal mein hausgemachtes Zwetschgenmus probiert haben, wissen Sie auch, wie Landluft schmeckt! Wir werden uns jetzt ja wohl häufiger sehen!"

Sarah bekam vor Aufregung rote Wangen. „Heißt das, ich darf Toby behalten – ich meine, versucht Annie es mit Toby?", platzte sie heraus. „Wirklich?"

„Ja, Liebes!", antwortete Frau Simon und lächelte

ihrer Tochter liebevoll zu. Vor Freude fiel Sarah zuerst ihrer Mutter, dann Holly und schließlich Annie um den Hals.

„Und ich?“, wollte der Vater wissen. „Wer denkt an mich?“

Die Antwort war ein dicker, versöhnlicher Schmatzer auf seine Stirn.

Sarah war wie im Freudentaumel. „Und wie geht es jetzt weiter?“, wollte sie wissen.

„Wir beide werden uns etwas näher kennenlernen!“, drohte Annie scherzhaft an.
„Morgen Früh um zehn Uhr heißt es pünktlich antreten!“ Sie tippte auf das Zifferblatt ihrer Armbanduhr.

„Ich darf morgen schon wiederkommen?“ Sarah konnte das alles gar nicht fassen. Sie sah Annie erstaunt an.

„Ja. Oder hast du etwa geglaubt, wir kommen ohne deine Hilfe aus?“ Annie zwinkerte Sarah zu und klopfte ihr auf die Schulter. „Ich kann doch auf deine Unterstützung zählen?“

„Aber klar! Und wie gerne!“ Sarah strahlte Holly an. „Bist du morgen auch hier?“

„Ganz bestimmt! Es sind doch Ferien! Und da wohne ich auf dem Apfelblütenhof – hier bei Annie und den Tieren“, antwortete Holly. „So war es doch abgemacht, Annie, oder?“

Annie grinste. „Ja, Holly, so war es abgemacht.“

„Dann also bis morgen. Ach, und noch was!“ Annie hielt Sarah zurück. „Fast hätte ich es vergessen: Pack auch gleich schon deinen Koffer! Du darfst die Osterferien hier verbringen. Deine Eltern haben es erlaubt.“

Sarah und Holly sahen sich überrascht an.

„Hast du Lust mein Gast zu sein? So lange, bis du mit Toby allein zurechtkommst?“

Sarah blieb vor Staunen der Mund offen stehen. „Echt wahr? Ich darf die Ferien hier sein? Mit Toby, Holly, Peppermint und …“

„Ja, wenn es dir nichts ausmacht, mein kleines Gästezimmer mit Holly zu teilen. Und wenn es Holly auch …“

„Ja, was für eine Frage, Annie. So eine Überraschung!“ Holly umarmte Sarah überschwänglich.

Nachdem Familie Simon aufgebrochen war, konnte David endlich von seinem erfolgreichen Fang berichten.

„Na, da wollen wir doch was richtig Gutes draus machen!“, sagte Annie.

Am Abend gab es gebratenen Fisch und Kartoffeln aus eigener Ernte mit Rosmarin aus dem Kräutergarten. Annie stupste Holly mit dem Ellbogen an. „Heute könnten wir uns doch mal was Leckeres gönnen, meinst du nicht? Zur Feier des Tages.“ Sie ging zum Kühlschrank und zauberte drei Schalen hervor. „Vanilleeis mit heißen Kirschen!“

Holly und David strahlten bis über beide Ohren.

Strenge Regeln

Am nächsten Morgen pünktlich um zehn Uhr kam Sarah auf dem Apfelblütenhof an. Mit einem großen Koffer, einem vollgepackten Rucksack und Reitstiefeln stand sie auf der Treppe vor dem kleinen Bauernhaus und winkte ihrem Vater nach. Holly und Annie begrüßten Sarah herzlich.

Holly zeigte Sarah das Gästezimmer. Der gemütliche kleine Raum unterm Dach hatte eine hübsche Rosentapete. Die Betten waren frisch bezogen. Auf einem Tischchen standen eine Flasche Wasser mit zwei Gläsern, ein Teller mit selbst gebackenen Keksen und frisch gepflückte Osterglocken in einer gepunkteten Vase.

Sarah gefiel es sehr gut hier. Schnell räumte sie ihre Sachen in den Schrank und ehe sie sichs versah, saß sie schon am Küchentisch und hörte sich Annies strenge Hausordnung an.

„Aufgestanden wird um sieben, meine Damen, Frühstück gibt's um halb acht und ins Bett geht's dann, wenn ich es sage. Verstanden? Bei Tisch fällt nichts für die Tiere ab, auch wenn sie noch so sehr betteln. Fangt ihr damit nämlich erst mal an, lassen sie uns nicht mehr in Ruhe. Gerade Billi und Bo. Wo stecken die beiden eigentlich?" Annie blickte sich suchend um.

„Bestimmt sind sie bei David in der Scheune. Er wollte sich heute um die alte Bessie kümmern. Er meinte, sie leckt wieder Öl", warf Holly ein.

Sarah sah sie verdutzt an.

„Stimmt ja, hab ich ganz vergessen. Bessie ist unser Traktor", erklärte Annie. „Wenn wir David nicht hätten! Aber wie auch immer … also ich allein bin für das Tierfutter zuständig. Ihr beide kümmert euch um die Ponys. Wir holen sie abends von der Weide und entscheiden morgens je nach Wetter, wann sie rauskommen. Um Toby kümmern wir uns ab jetzt gemeinsam. Ach ja, eines noch: Beim Zähneputzen bitte nicht das Wasser laufen lassen!“ Annie hob mahnend den Zeigefinger. „Mit Wasser muss man sorgsam umgehen. Ich hab euch Zahnputzbecher hingestellt.“

„Annie ist ja noch strenger als meine Mutter“, stöhnte Sarah auf, als sie mit Holly zu den Ställen ging.

„Ach, Quatsch“, winkte Holly ab. „Annie ist total lieb. Wirst sehn, das werden schöne Tage!“

„Weiß ich doch. Und immerhin darf ich bei Toby sein – hier auf eurem schönen Apfelblütenhof. Ich bin ja so gespannt, was Annie mit ihm macht.“

„Du meinst, was sie ihm zuflüstert?“, kicherte Holly.

„Glaubst du wirklich, dass Annie Toby helfen kann?“ Sarah hob fragend die Augenbrauen.

„Kommt drauf an, wie gut sie flüstern kann!“ Holly grinste verheißungsvoll. „Lass dich überraschen. Sie macht das alles mit Gefühl. Und davon hat sie ganz viel!“

Sarah warf einen verstohlenen Blick in Tobys Stall. Wie er sich wohl nach seiner ersten Nacht auf dem Apfelblütenhof fühlte?

Holly riss sie aus ihren Gedanken. „Wir bringen schon mal die Ponys auf die Weide!“, schlug sie vor.

Die beiden Mädchen gingen in den Offenstall und begrüßten Sternchen, Flocke, Speedy und Prinz mit Karotten. Sie zupften das Stroh aus ihren Schweifen und Mähnen, kratzten die Hufe aus und legten ihnen Halfter um. Jedes Pony hatte sein eigenes Halfter. Holly hatte sie ausgesucht und ihren kleinen Köpfen angepasst. Für den Braunen ein blaues Halfter, für die Schimmelstute ein rotes, für den Fuchs ein grünes und für den Rappen ein gelbes. Zu jedem Halfter gehörte ein gleichfarbiger Strick.

Ein lautes Wiehern drang vom angrenzenden Stall.

Holly öffnete Peppermints Stall und umarmte ihn.

„Du dachtest wohl, ich hätte dich vergessen, mein Kleiner?“ Sie wuschelte ihm durch die dicke Mähne. „Du musst leider noch ein bisschen hierbleiben. Wir können Toby nicht alleine stehen lassen. Der dreht sonst durch!“

Peppermint hielt den Kopf schief, als wollte er ihr nicht so recht glauben.

„Aber keine Angst, ich komm gleich zurück.“

„Sieh mal, Holly! Er nickt. Ob er dich verstanden hat?“, wollte Sarah wissen.

Holly schmunzelte. Wenn Sarah wüsste!, dachte sie und sagte dann nur: „Er ist sehr schlau – eben ein ganz besonderes Pony. Du wirst sehen, Peppermint versteht mehr, als du denkst!“ Sie grinste still in sich hinein.

Holly strich dem kleinen Schecken liebevoll über den Rücken und Sarah zupfte das Stroh aus seinem Schweif. „Das ist ja verrückt. Ein P auf jeder Seite in seinem Fell.“

„Ja, P wie Peppermint!“, bestätigte Holly und schlang die Arme um seinen Hals. Peppermint brummelte leise. „Na, was sagst du zu deinem neuen Nachbarn?“ Holly sah Peppermint fragend an.

Zu ihrer Überraschung reckte er den Hals über die Stallwand. Toby nahm die Begrüßung vorsichtig an, beschnupperte Peppermint sanft mit den

Nüstern und nahm seinen Geruch auf. Dann knabberte er in der Mähne des kleinen Schecken. Peppermint genoss es so sehr, dass er die Augen schloss und seinen Kopf zur Seite legte.

Holly lächelte zufrieden. „Besser konnte dieser Tag nicht anfangen. Peppermint und Toby mögen sich! Das ist ein gutes Zeichen."

„Ja, du hast Recht." Doch als Sarah Toby streicheln wollte, zog Holly sie zurück.

„Wir warten besser auf Annie! Wer weiß, ob er es sich nicht wieder anders überlegt! Aber es ist gut, wenn Pferde Kontakt miteinander haben. Deshalb hat Annie die Ställe nach oben offen gelassen. Da können sich die Ponys gegenseitig beschnuppern."

Sarah staunte. „Bei uns gehen die Stallwände bis zur Decke und die Pferde haben den ganzen Tag nur dicke Gitter vor der Nase."

„Das klingt ja nach Gefängnis", sagte Holly. „Da wird sich Toby jetzt ganz schön umgewöhnen."

David steckte den Kopf um die Ecke. „Na, ihr?

Wie geht's denn unserem kleinen Teufel? Sieht ja heute wie ein Engel aus!“ Er zog seine ölverschmierte Baseballkappe zurecht und musterte Toby. „Aber kein Wunder. Wenn ein Pony Toby heißt, dann tobt es eben!“

Die Mädchen mussten über Davids Bemerkung kichern.

„Na, den fass ich mal lieber nicht an“, meinte er und verschwand wieder.

Draußen roch die Luft frisch nach Frühling. In der Ferne rumpelte ein Traktor übers Feld und zog einen Pflug hinter sich her. Holly und Sarah blinzelten in die Sonne. Jede führte zwei Ponys am Strick auf die Weide. Ein wehmütiges Wiehern hallte ihnen nach. Doch das kam nicht von Peppermint. Es kam von Toby.

Ponyflüstern

Annie lief den Mädchen auf dem Weg zur Scheune entgegen. „Na, dann wollen wir mal ein Programm aufstellen."

„Das Flüsterprogramm?", fragte Sarah und musste grinsen.

„Vom Flüstern alleine ist noch kein Pferd sanftmütig geworden!", sagte Annie und schmunzelte.

„Wir müssen langsam zu deinem Pony Vertrauen aufbauen, ihm Sicherheit geben. Toby soll sich hier wohlfühlen. Und dann dürfen wir auch nicht vergessen, dass er hochsensibel ist und nicht so ein dickes Fell hat wie unsere gemütlichen Shettys. Sein Temperament ist eher kämpferisch, so wie die Pferde auf der Rennbahn."

Annie warf einen Blick auf Tobys Trense, die an

der Scheunenwand über dem Sattel hing. „Das scheint mir ein ziemlich scharfes Teil zu sein. Wer hat euch denn das ausgesucht?“

„Das haben wir mit dem Pony bekommen. Und den Sattel dazu“, sagte Sarah verwundert.

Annie seufzte. „Darüber muss ich mal mit deinen Eltern sprechen. Das ist nichts für ein empfindliches Ponymaul. Und wenn dann noch ein unerfahrener Reiter am Zügel zerrt, bekommt das Tier einiges zu spüren.“ Sie schüttelte verständnislos den Kopf. „So, los geht’s. Wir beginnen ganz spielerisch. Weil Toby uns nicht kennt, Sarah, bist du seine Bezugsperson!“

Sarah nickte.

„Du bleibst also immer in der Nähe, wenn ich mit ihm arbeite. Wir sehen dann, wo ihr beide helfen könnt. Okay?“ Annie hob fragend die Augenbrauen.

„Okay“, riefen beide Mädchen wie aus einem Mund. Sie waren gespannt, was auf sie zukommen würde.

Annie nahm ein paar Karotten aus der Futterkiste. „Damit werden wir ihn erst mal bestechen!“, sagte sie mit einem Lachen.

Toby warf ihr einen skeptischen Blick zu. An seinen Ohren konnte Holly aber ablesen, dass er aufgeweckt und neugierig war.

Peppermint bekam natürlich auch eine Karotte.

„Peppermint und Toby haben schon Freundschaft geschlossen“, erzählte Holly stolz.

„Das ist schön.“ Annie lächelte zufrieden. „Dann spielt Toby hoffentlich jetzt mit.“

Doch ganz so, wie Annie es sich vorgestellt hatte, lief es nicht. Toby ließ sich nur widerwillig das Halfter anlegen und fletschte die Zähne. Annie sprach leise auf ihn ein und strich ihm beruhigend über die Nüstern. „Holly, du kannst jetzt Peppermint zu den anderen auf die Weide bringen. Sarah und ich – wir gehen schon mal mit Toby vor.“

Auf dem Weg zum Paddock tänzelte Toby nervös neben Annie her.

Sarah kletterte auf die Einzäunung und beobachtete die beiden gespannt. Annie hatte die Longe in das Halfter gehakt und führte Toby auf dem Sandplatz. Erst große Kreise, kleine Kreise und dann Achterfiguren. Toby wurde ruhiger.

„Siehst du, Sarah, er schnaubt schon. Das ist ein gutes Zeichen!“

Tatsächlich war Tobys Maul entspannt und er wirkte gelassener.

Doch als sich Holly neben Sarah auf den Zaun schwang, erschrak Toby und machte seinem Namen alle Ehre.

Annie hatte Mühe, ihn wieder zu beruhigen. „Ihr habt es gerade mitbekommen. Toby ist noch sehr schreckhaft. Darauf müssen wir uns alle ein bisschen einstellen!“

„Tut mir leid, Annie!“, sagte Holly betroffen.

Geduldig führte Annie ihn im Schritttempo weiter. Ab und zu wieherte Toby wehmütig den anderen Ponys zu.

Bestimmt wäre er jetzt gerne mit ihnen auf der Weide, dachte Holly.

Ganz unerwartet blieb das Pony stehen, fing an zu schwitzen, schlug mit dem Schweif und atmete schneller.

Annie war überrascht. Sie konnte sich sein Verhalten nicht erklären. Beruhigend sprach sie auf Toby ein und streichelte seinen Hals.

„Okay, Mädchen. Ich hab da eine Idee. Holly, hol Peppermint wieder von der Weide. Ich glaube, er kann uns weiterhelfen."

Langsam und leise, um Toby nicht zu erschrecken, kletterte Holly vom Zaun herunter. Sie lief zur Weide. Als sie mit Peppermint zurückkam, wieherte Toby so laut, dass sein ganzer Körper zitterte.

„Dachte ich's mir doch!" Annie strahlte. „Toby möchte ja gerne mitarbeiten, aber er fühlt sich allein und hat Angst. Alles ist neu für ihn. Da kann nur ein guter Freund helfen!"

„Ja, wir helfen jetzt Toby", flüsterte Holly dem kleinen Schecken ins Ohr. „Er soll keine Angst mehr haben."

Peppermint sah sie aufmerksam an und schnaubte leise.

„Wir laufen jetzt mit den Ponys. Du mit Peppermint vorweg!", forderte Annie Holly auf. So wiederholten sie das gleiche Spiel mit zwei Ponys. Kleine Kreise, große Kreise und Achterfiguren. Peppermint lief brav neben Holly her und Toby wurde von Minute zu Minute ruhiger.

Sarah strahlte. Sie spürte, wie wohl sich Toby fühlte. Im Vorbeigehen flüsterte ihr Holly zu: „Siehst du, Annie ist eine Zauberin!“

Aber Annies Geheimnis war einfach nur Ruhe und Geduld – und Peppermints guter Einfluss.

„Ich werde mit Toby in den wenigen Tagen keine Wunder vollbringen. Doch Toby kann selbstbewusster werden. Und dabei helfen wir ihm.“ Annie klang zuversichtlich. „Aber für heute lassen wir es gut sein. Wir bringen Toby und Peppermint in den Stall und geben den beiden frisches Heu zur Belohnung. Und uns schmieren wir ein paar Brote. Ich hab noch eine leckere Kartoffelsuppe auf dem Herd.“

Nachdem Toby und Peppermint im Stall mit frischem Heu versorgt waren, vertilgten die Mädchen mit Annie und David Suppe und Brote. Am Nachmittag putzte Holly Peppermint.

Sarah und Toby schauten zu. Dann zeigte David ihnen, wie man aus einem Holzscheit Tierfiguren schnitzte. Um vier Uhr gab es wie jeden Tag auf dem Apfelblütenhof frisch gebackenen Kuchen.

Und auch am Abend ging es in dem gemütlichen Bauernhaus hoch her. Mit Annies großer Spielesammlung verflog die Zeit nur so.

Um zehn lagen die Mädchen in ihren Betten.

„Du, Holly", flüsterte Sarah. „Ich freu mich schon so auf morgen!"

Doch Holly antwortete nicht. Sie war schon fest eingeschlafen.

Hartes Training

Toby lernte sehr schnell. Sarah, Holly und Peppermint waren immer dabei, wenn Annie mit ihm auf dem Sandplatz arbeitete. Der kleine Schecke war eine große Hilfe, denn in seiner Nähe machte Toby gut mit und wirkte ausgeglichen.

Sarah achtete auf jede Bewegung von Annie und ließ sich kein Handzeichen entgehen. Sie ahmte auch Annies beruhigende Art zu sprechen nach.

„So, Sarah!", sagte Annie nach einigen Tagen. „Toby hat sich prächtig entwickelt. Jetzt bist du dran. Wer wagt, gewinnt! Ihr beide müsst euch langsam wieder aneinander gewöhnen."

Sarah holte tief Luft.

Annie drückte ihr die Longe in die Hand. „Jetzt führst du Toby und ich darf mich mal ausruhen."

Annie beobachtete die Mädchen vom Rand des Platzes aus.

Wie immer lief Holly mit Peppermint voran und Sarah folgte ihnen mit Toby. Ihr Herz klopfte. Sie presste die Lippen fest zusammen. Keiner sollte sehen, wie viel Angst sie hatte. Sie streichelte Toby und sprach mit ruhiger Stimme auf ihn ein: „Wir schaffen das. Ganz bestimmt!"

Toby schnaubte. Seine Ohren waren aufmerksam nach vorne gerichtet. Sarah strahlte über das ganze Gesicht.

„Wunderbar macht ihr das! Und jetzt versucht es mal im Trab. Ihr habt ja junge Beine!", rief Annie lachend. „Und Sarah, halt mit dem Ellenbogen Abstand zum Pferdehals. Sonst tritt er dir auf die Füße!"

Holly schnalzte leise. Peppermint trabte artig an und Toby folgte ihm ohne Aufforderung. Sarah hatte Mühe mit seine langen Beinen Schritt zu halten. Nach sechs Runden waren die Mädchen völlig außer Puste.

„Gut gemacht“, lobte Annie. „Toby muss dir vertrauen und du musst ihm vertrauen – das ist das ganze Geheimnis. Du darfst keine Angst haben. Pferde spüren das nämlich und sind dann verunsichert. Stell dir vor, Pferde können Angst sogar riechen.“ Annie strich Sarah liebevoll über die dunklen Haare. „Er hat wirklich erstaunliche Fortschritte gemacht. Und du auch!“

„Ich darf keine Angst haben“, flüsterte Sarah sich selbst zu.

Toby schaute sie liebevoll an und schnaubte. Ganz unerwartet lehnte er seinen Kopf gegen Sarahs Schulter, schob seine Nase nach vorn und schnupperte zaghaft an ihrer Hand. Keine Spur mehr von dem nervösen Beißen, den angelegten Ohren und gefletschten Zähnen. Sarah war gerührt.

Holly freute sich für sie. Vielleicht wird ihre Freundschaft auch einmal so eng werden, wie die von Peppermint und mir, dachte sie im Stillen und kraulte Peppermint am Ohr.

„Du wirst jetzt Toby einmal um den Apfelblütenhof führen!“, sagte Annie energisch.

„Du kommst doch mit, Annie, oder?“

„Ich komme mit!“, sagte Holly schnell. „Und Peppermint ist auch dabei!“

Sarah warf Annie einen fragenden Blick zu. Annie nickte.

So liefen die beiden Mädchen los und führten die Ponys um den Apfelblütenhof. Peppermint ging fröhlich voraus und Toby folgte ihm, ohne zu zögern.

Alles ging gut, bis Napoleon über den Weg flatterte. Er krähte so laut, dass Toby erschrocken zur Seite sprang.

Sarah wurde blass. Doch sie erinnerte sich an das, was ihr Annie beigebracht hatte. Mit ruhiger Stimme sprach sie auf Toby ein. Vorsichtig strich sie ihm über die Nüstern. Und es klappte: Toby beruhigte sich und lief weiter.

Holly war begeistert. Das Ponyflüstern zeigte ersten Erfolg!

In der späten Vormittagssonne putzten die Mädchen ihre Ponys.

Sarah war immer noch ganz aufgeregt. „Toby vertraut mir wieder! Das glauben mir meine Eltern nie!“

Annie brachte den beiden Kirschsaft. Dabei fragte sie Sarah: „Wie verhält sich Toby denn auf der Weide?“

Sarah zuckte mit den Schultern: „Weide? Das kennt er noch gar nicht“, antwortete sie.

„Na, dann wird es aber allerhöchste Zeit! Ich werde Toby führen. Ihr beide geht mit Peppermint voran und stellt ihn zu den anderen Ponys. Toby lassen wir auf der Nachbarweide laufen. Da kann er sich erst mal allein austoben.“

„Darf er nicht zu den anderen?“, wollte Holly wissen.

„Nein, das will ich noch nicht wagen.“

Sternchen, Flocke, Speedy und Prinz reckten neugierig die Köpfe, als die Karawane auf sie zukam. Holly und Sarah führten Peppermint auf die Ponykoppel. Annie ging mit Toby auf die kleinere Weide.

Dort blieb Toby wie erstarrt stehen. Er atmete aufgeregt und sah sich unsicher um. Fünf neugierige Ponys beobachteten ihn. Vorsichtig, wie auf Eiern, tänzelte er auf sie zu.

„Wie süß! Sie mögen ihn!“, freute sich Sarah.

„Und er mag sie auch!“, sagte Holly.

Es sah aus, als würden sich die Ponys über den Zaun hinweg unterhalten. Holly beobachtete das bewegte Spiel ihrer Ohren. Auf einmal – als hätten sich die Ponys abgesprochen – warfen sie die Köpfe in den Nacken. Toby scharrte mit dem Vorderhuf und dann ging es richtig los. Sechs Ponys jagten in rasendem Galopp die Weiden hoch und runter. Dabei schnaubten und wieherten sie.

Annie und die Mädchen sahen staunend zu.

„Wie elegant Toby galoppiert!“, schwärmte Holly.

„Als würde er über den Boden fliegen!“ Sarah strahlte.

Die wilde Jagd ging so lange, bis die Ponys schweißnass und erschöpft aufgaben und immer langsamer wurden. Es sah aus wie bei einem Auto, dem das Benzin ausging.

Sie blieben stehen und verschnauften kurz. Dann grasten sie, als sei nichts gewesen.

„Toby wirkt so glücklich. So habe ich ihn noch nie erlebt“, seufzte Sarah. Ihr Gesicht war rot vor Aufregung. „Toby, ich glaube, hier bleiben wir für immer!“

„Langsam, langsam, junges Fräulein, noch ist nicht aller Tage Abend“, sagte Annie mit ernster Miene. Doch ihre Stimme verriet, dass sie sehr zufrieden war mit Tobys Fortschritten. „Wir lassen Toby heute mal auf der Weide. Das wird ihm guttun! Und wenn sich die Ponys über den Zaun ein bisschen näher kennengelernt haben, darf er dann auch auf ihre Weide.“

Mittags gab es Flammkuchen mit Gurkensalat. Anschließend halfen die Mädchen Annie im Kräutergarten. Sie jäteten Unkraut und gossen die jungen Pflanzen. Billi und Bo saßen auf der kleinen Mauer und beobachteten die fleißigen Gärtner.

Für den Nachmittag hatten sich zwei Kinder zum Reiten angemeldet. Ihre Eltern wollten sie auf den Ponys führen. Damit verdiente Annie ein bisschen Geld für den Apfelblütenhof.

Während Annie die Familie begrüßte und selbst gebackenen Kuchen anbot, holte Holly mit Sarah

Flocke und Speedy von der Weide. Sie putzten und sattelten sie.

„Wir sind dann auf der Weide!“, rief Holly Annie zu.

„Genießt den schönen Tag!“, schallte es aus dem Haus zurück.

Holly und Sarah beobachteten die Ponys. Alles war so friedlich. Ein leichter Nebel legte sich zart über die Wiesen. Irgendwann kam Annie dazu und half die Ponys reinzuholen. Sie griff nach Tobys Führstrick. „Den nehme ich mal lieber! Man weiß ja nie!“

Holly führte Prinz und Peppermint, und Sarah folgte mit Sternchen in den Stall.

Als sie nach dem Abendessen die Küche aufräumten, klang Wiener Walzermusik aus dem Radio. Annie ließ alles stehen und liegen und brachte den Mädchen das Walzertanzen bei. Dabei wären die drei vor Lachen fast tot umgefallen. Ja, Annie war schon ein bisschen verrückt.

Im Bett kicherten und schwatzten Holly und Sarah noch lange.

„Hast du Bammel vor morgen?“, fragte Holly neugierig.

„Du meinst vor unserem Ausflug zum Krötenbach? Ja – ein bisschen schon“, gab Sarah zu. „Du weißt doch, wie viel Angst Toby vor Wasser hat. Wir haben schon alles probiert.“

„Ich weiß!“, sagte Holly. „Aber Annie schafft das schon. Du wirst sehen!“

„Und was, wenn nicht?“, stöhnte Sarah.

„Keine Sorge! Peppermint ist dabei! Er wird Toby alles zeigen!“

Auf zur Krötenbrücke!

Wie immer gab es auch an diesem Morgen zum Frühstück frische Brötchen mit hausgemachter Marmelade. „Heute haben wir ein volles Programm! Und das schöne Wetter wollen wir nutzen“, meinte Annie und schmunzelte. „Da mach ich mal ausnahmsweise den Küchendienst. Ihr bringt die vier Ponys auf die Weide und putzt dann eure beiden! Ich komm gleich nach.“

Das ließen sich die Mädchen nicht zweimal sagen.

Das wird ein spannender Tag, dachte Holly auf dem Weg zurück zur Scheune. Aber sie spürte auch Sarahs innere Unruhe und legte den Arm um das Mädchen. „Ich weiß, du hast Toby gern. Zeig ihm das!“

Sarah nickte.

Die beiden begrüßten ihre Ponys mit Karotten. Holly lief stürmisch auf Peppermint zu und umarmte ihn fest. Sie kraulte ihn zwischen den Ohren. „Du bist heute ganz wichtig. Mach deine Sache gut!“, flüsterte sie ihm zu. Peppermint brummelte leise.

Sarah begrüßte Toby mit einem sanften Lächeln. Er legte die Ohren nicht mehr an und bleckte auch nicht die Zähne. Sie sprach ganz ruhig mit ihrem Pony und strich ihm über den Hals.

„Das muss am Apfelblütenhof liegen. Toby ist wie ausgewechselt!“, meinte Sarah.

„Kein Wunder in diesem gemütlichen Stall ohne Gitter. Und mit einem neuen Freund!“, sagte Holly. „Aber es liegt auch an deiner Liebe!“

Sarah lächelte ihr dankbar zu.

Annie beobachtete die Mädchen, die ihre Ponys gründlich putzten. Dabei räumte sie hier und dort ein bisschen auf, fegte die Stallgasse und streute mit frischem Stroh ein.

„Holly, du kannst Peppermint reiten und Sarah, du führst dein Pony. Hier hast du eine Führtrense“, sagte sie. „Damit hast du Toby ein bisschen besser im Griff, falls er es sich wieder anders überlegen sollte. Und holt euch Gummistiefel aus dem Schrank. Ich glaube, das wird ein nasser Vormittag!“

Und dann ging es los.

Holly schwang sich auf Peppermints Rücken. Sarah führte Toby und Annie lief hinterher.

„Wen haben wir denn da?“ Annie drehte sich um. „Na, wen wohl? Meggy natürlich. Dann bin ich ja doch nicht die Einzige ohne vierbeinige Begleitung!“

Die Mädchen kicherten und Meggy meckerte.

„Ich hab ganz schön Bauchkribbeln“, gestand Sarah.

„Ich auch!“, meinte Holly.

„Du?“ Sarah sah sie verwundert an.

„Ja. Mein Bauch kribbelt vor Glück!“, sagte Holly. „Weil diese Ferien so ganz besonders sind.“

Nicht ganz so besonders war Davids Begrüßung, als sie am Krötenbach ankamen. „So ein Mist. Jetzt sitz ich hier schon seit Stunden und keiner will anbeißen!“, beschwerte er sich. Keinen Guten-Morgen-Gruß, kein Händeschütteln, kein Lachen. So kannte Holly David gar nicht.

„Hallo, David“, begrüßten ihn die drei.

„Das sieht ja wirklich nicht nach einem guten Fang aus!“ Annie warf einen Blick in den leeren Eimer neben David. „Macht aber nichts, dann gibt es heute Abend eben Spaghetti“, sagte sie und zuckte mit den Schultern. „Aber wie kommt's?“

„Liegt an den beiden Jaulbacken.“ David deutete auf Billi und Bo, die friedlich unter einem Baum schlummerten. „Die zwei haben mir so gut wie alle Fische vertrieben.“

„Kaum zu glauben!“ Annie zog eine Augenbraue hoch, sodass ihr die Brille auf die Nasenspitze rutschte. „Aber die liegen doch ganz friedlich da.“

„Ja, jetzt, nachdem sie sich ausgetobt haben!“, stöhnte David auf. „Bis vor fünf Minuten ging's hier hoch her – rein in den Bach, raus aus dem Bach.“

Als hätte David sie auf die Idee gebracht, sprang Meggy mit einem Satz in den Bach und meckerte lauthals.

„Du hast mir gerade noch gefehlt!“, meinte David und bespritzte sie mit dem kalten Bachwasser. Das gefiel Meggy gar nicht. Mit einem Satz sprang sie wieder ans Ufer und schüttelte sich das Wasser aus dem Fell.

Dabei erschrak Toby und machte einen Sprung zur Seite. Sarah hielt die Luft an. Sie streichelte seinen Hals und konnte ihn mit ihrer Stimme wieder beruhigen.

„Gut gemacht!“, lobten Holly und Annie wie aus einem Mund.

„Wenn es bei eurem Plan bleibt, soll Toby heute sein erstes Bad nehmen!“, sagte David verschmitzt und lachte wieder. „Das Angeln kann ich heute also sowieso vergessen. Na, Sarah, schon aufgeregt?“

Sarah nickte.

„Dann wollen wir dem Teufelsbraten mal das Schwimmen beibringen.“ David ging auf Toby zu. Nicht ohne Respekt tätschelte er seinen Hals. „Du hast mir ja versprochen, dass du nicht wieder nach mir schnappen willst. Erinnerst du dich noch?“

Toby senkte den Kopf und schnaubte.

„Oh“, hauchte Holly. „Noch ein Pferdeflüsterer auf dem Apfelblütenhof?“ Sie rutschte aus dem Sattel. „Lauf jetzt bloß nicht weg, Peppermint!“, bat sie sanft.

Peppermint blieb ruhig stehen.

Aber Toby nicht. Er trabte nervös auf der Stelle, dann scharrte er mit den Vorderhufen, als ob er Schreckliches ahnte.

Sarah hatte Mühe, ihn zu beruhigen. Die Aufregung schwang in ihrer Stimme mit. Trotzdem sprach sie ruhig mit ihm. Sie atmete tief und legte ihren Kopf gegen seinen. „Keine Angst! Ich bin bei dir.“ Sie strich Toby über die Stirn. Dabei wurde sie selbst auch ruhiger.

Annie beobachtete jede Bewegung, doch sie mischte sich nicht ein.

„Wichtig ist, dass du nicht am Zügel ziehst. Toby muss es selbst wagen."

Toby senkte den Kopf.

„Komm, Peppermint! Wir gehen baden!", ermunterte Holly den Schecken. „Jetzt brauch ich deine Hilfe!", flüsterte sie ihm ins Ohr.

Holly stieg in den Bach und ließ den Strick locker. Peppermint wusste genau, was seine Aufgabe war. Doch zunächst blieb er am Ufer stehen, reckte sich, steckte sein Maul in den Bach und soff.

„Das Wasser scheint ihm besser zu schmecken als bei uns!", meinte David. „Wenn er jetzt aber die Fische verschluckt, gibt's Ärger", drohte er scherzhaft.

„Na, dann wäre er das erste Pony, das Fische mag!", sagte Annie und zwinkerte David zu. Alle mussten lachen – nur Sarah nicht.

Sie stand mit Toby am Ufer und schickte ein

Stoßgebet zum Himmel. Dann wagte auch Toby einen Schritt vor und schon war er neben Peppermint, reckte seinen Hals und soff.

Annie schüttelte den Kopf. „Ob sich die beiden abgesprochen haben? Da war doch wieder was mit den Ohren!"

„Pferde-Geheimsprache", vermutete Holly und kicherte.

Sie zog sanft am Strick. Zwei Schritte und Peppermint stand neben ihr im Bach. Jetzt stieg Sarah vorsichtig ins Wasser. Sie ließ die Zügel locker. Völlig unerwartet setzte auch Toby den ersten Fuß ins Wasser und stellte sich neben Peppermint.

Toby ließ den Blick nicht von dem Schecken. Holly watete einen Schritt voraus und Peppermint folgte ihr. Toby gab sich einen Ruck und lief mit der strahlenden Sarah hinterher.

Und dann begann ein Spaß wie im Kinderplanschbecken. Peppermint schaufelte mit dem Huf das Bachwasser unter seinen Bauch. Erst langsam, dann schneller. Und Toby machte es ihm nach. Schnaufend und prustend spritzten die Ponys um sich. Das schien ihnen einen Riesenspaß zu machen. Sie wieherten und schnaubten.

Holly wischte sich das kalte Wasser aus dem Gesicht. „Ich bin klitschnass, du auch?“ Sie warf Sarah einen verschmitzten Blick zu.

Sarah strahlte zurück. „Hättest du das für

möglich gehalten?“, wunderte sie sich und konnte gar nicht aufhören, sich zu freuen.

„Peppermint ist eben ein ganz ausgezeichneter Lehrer!“ Holly tat so, als sei es das normalste der Welt. Sie freute sich mit Sarah. Sie wusste, dass der Schritt ins Wasser für Toby eine große Überwindung gewesen war, der Grundstein für das Vertrauen zu Sarah.

Holly tauchte die hohle Hand in den Bach, schöpfte einen Schluck und prostete Sarah zu. Und mit dieser Handvoll klaren Bachwassers besiegelten die beiden Mädchen ihre Freundschaft.

David hatte das Angeln aufgegeben. Er legte sich neben die Hunde ins Gras und ließ sich die Sonne auf den Bauch scheinen.

„Jetzt haben sich eure Ponys aber einen schönen Nachmittag auf der Weide verdient!“, meinte Annie schließlich. „Zeit für den Abmarsch!“

Und so machten sich zwei nasse Mädchen und zwei nasse Ponys langsam auf den Rückweg zum

Apfelblütenhof. Annie und Meggy gingen voran. Die Hunde liefen ihnen fröhlich hinterher.

„Heute stellen wir Toby mal ganz mutig zu den anderen!“, entschied Annie, als sie an der Ponyweide vorbeikamen.

Toby und Peppermint wurden mit lautem Wiehern begrüßt. Dann senkten die Ponys zufrieden die Köpfe und grasten.

„Na, das hätte nicht besser gehen können!“ Annie freute sich mit den Mädchen. „Jetzt aber schnell raus aus den nassen Sachen!“

Mittags gab es kalte Frikadellen. Dann begleiteten die Mädchen Annie in ihrem alten Auto ins Dorf. Dort halfen sie beim Verkauf ihrer selbst gemachten Marmeladen, Gelees und Säfte. Mit dem Geld konnte Annie neues Futter für die Tiere kaufen.

Abends holten Holly und Sarah die Ponys von der Weide. Sarah durfte Toby schon alleine in seinen Stall führen.

Nach dem Abendessen spielten die Mädchen mit

Annie ein lustiges Ponyspiel und fielen schon eine Stunde später todmüde ins Bett.

Holly träumte von Peppermint und dem aufregenden Tag auf dem Apfelblütenhof.

Ein wunderbares Team

Die Sonne schien warm über dem Apfelblütenhof. Es roch nach frisch gemähtem Gras. Wie jeden Morgen putzten die beiden Mädchen nach dem Frühstück die Ponys und brachten alle sechs auf die Weide.

Holly knuffte Sarah in die Seite. „Hast du Lust auf einen Spaziergang?“, wollte sie wissen „Ich möchte dir gern was zeigen!“

Sarah war neugierig und stimmte auch gleich zu.

„Wir nehmen die Hunde mit. Die freuen sich bestimmt!“ Holly pfiff durch die Finger. Schon kamen Billi und Bo mit wedelnden Schwänzen angestürmt.

Holly war gern mit Sarah zusammen. Mit ihr

konnte man so herrlich lachen. Die meisten Mädchen in Hollys Klasse interessierten sich nicht für Tiere, schon gar nicht für Stallmist und Landluft. Doch mit Sarah fühlte sich Holly verbunden, fast schon ein bisschen wie mit Peppermint. Und das war ein gutes Gefühl.

Sie führte Sarah an den Ponyweiden vorbei über die große Wiese hinter dem Stall. Dann deutete sie auf die alte Eiche. „Ich will dir ein Geheimnis verraten“, flüsterte sie Sarah zu. „Dieser Baum hat Zauberkräfte!“

Sarah lachte und schüttelte den Kopf. „Du machst Spaß, Holly!“

„Nein, ich meine es ganz ernst! Der Baum ist mehr als zweihundert Jahre alt. Und er ist ein Wunschbaum – eine Zaubereiche. Das hat mir Annie verraten.“

Sarah verschlug es die Sprache.

„Stell dir vor, mir hat sie schon einmal einen Wunsch erfüllt. Einen ganz großen sogar! Glaub mir, dieser Baum hat unglaubliche Zauberkraft!“

Sarah sah Holly zweifelnd an. Sie strich über die dicke Rinde und kicherte. „Vielleicht leben ja Hexen oder Feen darin?"

„Wer weiß? Wenn man sich etwas ganz sehnlich wünscht, kann es in Erfüllung gehen!"

Sarah schüttelte den Kopf. „Das ist ja unglaublich. Wie im Märchen!"

„Komm, wir probieren es einfach einmal aus!" Holly setzte sich auf eine der dicken Wurzeln. „Wir wünschen uns beide was. Wir dürfen aber niemandem verraten, was wir uns gewünscht haben. Dann sehen wir, ob es klappt!"

„Prima Idee!" Sarah ließ sich neben Holly ins Gras fallen. Schweigend saßen die Mädchen da und jedes dachte an seinen sehnlichsten Wunsch. Billi kuschelte sich neben Sarah, Bo neben Holly.

Schließlich brach Sarah das Schweigen.

„Weißt du …", begann sie, „ich möchte eigentlich gar nicht Springreiterin werden. Das ist nur der Wunsch meiner Mutter. Und ich will sie natürlich nicht enttäuschen."

Holly sah sie erstaunt an. „Aber Toby hat schon solche Fortschritte gemacht.“

„Stimmt. Doch ich würde viel lieber mit ihm über die Wiesen reiten, den Strand entlang, ohne Hindernisse, vor denen wir Angst haben müssen, ohne Druck – nur das Gras unter uns und den Himmel über uns.“

Jetzt wurde Holly nachdenklich. „Ich weiß, was du meinst. Ich finde ja auch, dass es nichts Schöneres gibt, als mit Peppermint einfach loszureiten. Ich fühle mich dabei so frei.“

„Wenn ich Springreiterin werden würde, müsste ich immer trainieren. Toby könnte nicht mehr auf die Weide, nie mehr mit anderen Ponys spielen und ich hätte keine Zeit mit ihm zu schmusen. Im Winter springen wir in der kalten Halle über Hindernisse. Dabei ist es doch so viel schöner, einfach durch die Natur zu galoppieren und mal über einen Baumstamm zu springen.“

Holly legte den Arm um Sarah. „Und warum sprichst du nicht mit deiner Mutter darüber?“

Sarah schwieg.

„Na, wir sollten mal langsam zurück." Holly zog Sarah hoch. „Abwarten und Tee trinken, sagt Annie immer."

Annie begrüßte die beiden Mädchen mit einem breiten Lächeln. „In der Küche liegen Käsebrote. Wenn ihr gegessen habt, gibt es eine Reitstunde für euch beide. Wir treffen uns in einer halben Stunde auf dem kleinen Reitplatz! Vergesst eure Reitkappen nicht. Und Sarah! Ich hab dir für Toby eine andere Trense hingehängt."

Sarah wollte es nicht glauben, wie fürsorglich Annie an alles dachte. „Du hast ja so Recht, Holly. Annie ist die netteste, obernetteste Verrückte, die ich je kennengelernt habe!" Die beiden lachten und liefen in die Küche.

Nach dem Essen standen die Mädchen mit ihren Ponys erwartungsvoll auf dem kleinen Reitplatz. Sarah war aufgeregt. Ihr Herz klopfte laut.

„Es wird alles gut!“, meinte Annie und half ihr beim Aufsitzen. „Ich nehm dich erst mal an die Longe. Dann sehn wir, wie Toby reagiert.“

Holly war überrascht, wie gut Sarah reiten konnte. Sarahs Aufregung verflog ganz schnell. Sie fühlte sich so sicher, dass Annie sie von der Longe nahm. Toby schnaubte leise.

Als die beiden nebeneinander ritten, war Holly einen ganzen Kopf kleiner als Sarah. Doch Peppermint fühlte sich nicht klein neben Toby. Ganz im Gegenteil. Er trabte fröhlich voran – seine kurzen Beine tippelten unermüdlich, um mit Toby Schritt zu halten. Doch dann wurde es ihm zu viel. Er blieb einfach stehen und machte keinen Schritt weiter. Holly konnte tun, was sie wollte, er bewegte sich nicht vom Fleck. „Typisch, Peppermint. Du mit deinem Starrkopf! Aber wer kann dir schon böse sein!“ Peppermint schnaubte und trabte auf Annie zu. Bettelnd rieb er seinen Kopf an ihrer Schulter, um ein Leckerli zu ergattern.

„Die Kleinen wissen eben auch genau, was sie

wollen!“ Annie lachte und wuschelte ihm durch die Mähne. „Aber es ist genug für ihn, Holly! Wir machen Schluss für heute“, sagte sie und beendete den Unterricht. „Das habt ihr wirklich gut gemacht, alle vier!“

Holly und Sarah lächelten sich glücklich an.

„Ja, ihr seid ein ganz wunderbares Team“, meinte Annie. „Und Sarah, ich bin richtig stolz auf dich!“

„Ach, Annie, bei so viel Lob werde ich ganz rot.“

„Rot steht dir gut!“, meinte Annie. „Und Peppermint hat tapfer mitgehalten. Schließlich sind seine Beine ja ein ganzes Stück kürzer!“

„Na, wenn wir so gut sind, Annie, meinst du, also, ich dachte, dass wir …“ Holly räusperte sich, schluckte und sprach weiter: „Ich dachte, dass wir vielleicht mal mit den Ponys ausreiten dürfen?“

„Sarah auf Toby – und im Gelände?“ Annie zupfte sich am Ohrläppchen.

„Sie denkt nach“, flüsterte Holly Sarah zu.

Schnell rieb Holly an ihrem ledernen Glücksarmband mit dem kleinen silbernen Pferdchen und kreuzte die Finger.

Annie sah erst Holly an, dann Sarah.

„Und?“, drängelte Holly.

„Und?“, flüsterte Sarah kleinlaut.

„Und was?“ Annie tat so, als wüsste sie gar nicht mehr, worum es eigentlich ging.

„Nun tu doch nicht so.“ Holly stöhnte auf. „So vergesslich bist du doch auch wieder nicht.“

„Ach so, ihr wollt eine Antwort haben. Hm. Also gut: Ja, ihr dürft, aber …“

Was auch immer Annie noch sagen wollte, ging im Jubel der beiden Mädchen unter.

„Aber …“, übertönte Annie das freudige Indianergeheul. „Aber nicht im Galopp! Nur im Schritt und im Trab. Das müsst ihr mir schwören. Holly? Sarah?“

Die Mädchen nickten. Und Holly kam es so vor, als hätten auch Peppermint und Toby genickt.

Freundinnen

Am nächsten Tag war es dann so weit. Holly wachte vor Aufregung lange vor Sarah auf. Leise schlich sie sich aus dem Zimmer und deckte den Frühstückstisch.

Als Annie mit frischen Brötchen vom Bäcker kam, war schon alles fertig. Noch etwas verschlafen tapste Sarah in die Küche, Billi und Bo liefen ihr hinterher.

Annie stellte den Hunden das Futter hin und goss dann den Tee ein. „Die zwei nehmt ihr doch mit, oder?“, fragte sie. „Die würden sich bestimmt über einen langen Spaziergang freuen.“ Billi und Bo bellten. Bestimmt hatten sie verstanden, dass es um sie ging.

Toby hatte sich längst an die beiden Hofhunde

gewöhnt. Und so zog die glückliche Gesellschaft wenig später los: Holly ritt auf Peppermint, Sarah auf Toby und die Hunde liefen munter hinterher.

Nach einer Weile trabten die beiden an. Toby blieb gleichmäßig im Takt, Peppermint tippelte eifrig nebenher. Er hatte seine Mühe, mit Tobys langen Beinen mitzuhalten. Als ein Hase aus einem Busch sprang, machte Toby einen kleinen Sprung zur Seite und versuchte, die Richtung zu ändern. Doch Sarah blieb ruhig und lenkte ihn wieder auf den Weg. Sie ritten weiter im Schritt.

„Toby lernt endlich mal die Natur kennen!“, meinte Holly.

Sarah nickte. „Ja, alles ist so neu für ihn!“

Vor ihnen rauschte der Krötenbach. Auf ein Handzeichen von Holly brachten die Mädchen ihre Ponys mit einem leisen „Brrrr“ zum Stehen. „Wir steigen hier besser ab. Bestimmt erschrickt Toby, wenn wir über die Brücke poltern!“, sagte Holly.

„Gut, dass du daran gedacht hast!“ Sarah sprang aus dem Sattel. Langsam führten die Mädchen ihre Ponys über die kleine Holzbrücke. Peppermint mit Holly, Billi und Bo voran, Sarah mit Toby hinterher. Auf der Brücke wurde Toby plötzlich unruhig und tänzelte. Ängstlich beäugte er den Bach. Sarah warf Holly einen fragenden Blick zu.

„Hab keine Angst!“, ermunterte sie Holly. „Der beruhigt sich gleich, wenn wir auf der anderen Seite sind. Das war mit Peppermint am Anfang genauso.“ Holly streichelte Peppermint über den Hals. „Nicht wahr, mein Kleiner?“

Peppermint schnaubte zufrieden.

Als Sarah dann mit Toby das andere Ufer erreichte, wieherte Peppermint. Es klang so, als würde er ihn für seinen Mut loben.

Sarah atmete erleichtert auf. Die Mädchen saßen wieder auf und trabten in den Wald.

„Ich wünschte, wir könnten immer so zusammen reiten!“, rief Sarah voller Übermut und strahlte Holly an.

„Ja, ich auch!“, schwärmte Holly. „Aber jetzt müssen wir langsam zurück!“

Sarah wurde plötzlich ganz ernst. „Ich mag gar nicht dran denken, dass morgen unsere Ferien vorbei sind. Dann kommt Toby wieder in sein Gefängnis.“

Holly warf Sarah einen erschrockenen Blick zu.

Nein, daran wollte sie auch nicht denken. Schon gar nicht jetzt.

„Wie gut du es doch hast“, sagte Sarah leise zu Holly.

Holly wusste nicht, was sie sagen sollte.

Traurig sah Holly am nächsten Morgen zu, wie Sarah ihre Sachen packte.

Sarah nahm Holly in den Arm und drückte sie. Dabei kullerten ihr ein paar dicke Tränen über die Wangen. „Ich werde dich vermissen“, schluchzte sie. „Aber wir können ja telefonieren.“

„Und wir können uns treffen! Du weißt ja, wo ich bin!“, versuchte Holly sie zu trösten. Dann konnte auch sie die Tränen nicht mehr zurückhalten.

Als Annie ins Gästezimmer kam, fand sie die Mädchen völlig aufgelöst vor. „Ach, ihr zwei. Wenn ich euch so sehe, fange ich auch gleich an zu weinen. Sarah, deine Eltern sind gerade angekommen. Wir wollen noch zusammen frühstücken. Kommt ihr?“

Mit hängenden Schultern folgten Sarah und Holly Annie in die Küche. Doch als Sarah ihre Eltern sah, strahlte sie übers ganze Gesicht. Erst jetzt spürte sie, wie sehr sie Papa und Mama vermisst hatte. Sie lief auf sie zu und umarmte sie. Sarah musste wieder weinen und Holly weinte mit.

„Ich glaube, ich hab nicht genug Taschentücher. Hätte wohl besser die Familienpackung kaufen sollen“, sagte Annie mitfühlend. „Jetzt gibt’s erst mal ein kräftiges Frühstück. Das hilft auch gegen Tränen!“

Der Tisch war reichlich gedeckt. Es gab frisch gebackenes Brot, Erdbeermarmelade, Käse, Wurst, Krabbensalat, Tomatenscheiben mit frischen Kräutern aus dem Garten und Rühreier mit Speck.

Dass Annie sich während des Frühstücks ganz oft am Ohrläppchen zupfte, machte Holly stutzig. Worüber sie wohl so angestrengt nachdenkt?, überlegte Holly und ließ Annie nicht aus den Augen.

Abschied

Beim Essen erzählte Sarah ausführlich von ihren Erfolgen mit Toby in den letzten Tagen. Ihre Eltern hörten aufmerksam zu. Sie waren erstaunt, wie schnell das Pony gelernt hatte.

„Das liegt natürlich an Annie!“, erklärte Holly. „Und auch ein bisschen an Peppermint. Toby und Peppermint sind dicke Freunde geworden – genau wie Sarah und ich.“ Die Mädchen lächelten sich an.

Dann eröffnete Annie endlich, worüber sie die ganze Zeit nachgedacht hatte. „Ich hab mir überlegt, was für Ihre Tochter und Toby das Beste sein könnte.“ Herr und Frau Simon blickten sie gespannt an. „Was halten Sie davon, wenn Toby hierbleiben würde?“

Ein erstauntes Raunen ging um den Tisch. Sarah und Holly sahen Annie fragend an. Auch Sarahs Eltern stutzten und stellten ihre Kaffeebecher verdutzt auf die Untertassen.

Herr Simon schluckte schnell den letzten Bissen herunter und wischte sich mit der Serviette den Mund ab. „Wollen Sie uns Toby etwa abkaufen? Na, für einen guten Preis wäre ich dabei! Allerdings dachte ich, dass …“

„Till, bitte! Das Thema hatten wir doch schon. Und gerade jetzt, wo Sarah und Toby so gut miteinander auskommen, kommt das gar nicht infrage!“, unterbrach Frau Simon ihren Mann.

„Nein, ich möchte Ihnen Toby nicht abkaufen“, erklärte Annie.

Sarah und Holly atmeten erleichtert auf.

„Ich möchte Ihnen vorschlagen, Toby bei mir in Pension zu geben. Wissen Sie, Sarah hat so viel Freude daran, mit ihm auszureiten. Und der Apfelblütenhof tut den beiden gut. Toby kann auf der Weide mit anderen Ponys zusammen sein.

Die Freundschaft mit Peppermint hat ihn schon in dieser kurzen Zeit sehr viel ausgeglichener gemacht."

„Es ist so ganz anders, als bei uns in der Stadt", schwärmte Sarah. „Hier kann man tolle Ausritte machen, durch den Wald und über Wiesen reiten!"

„Und dann ist das Meer nicht weit", fiel Holly ihr ins Wort.

„Aber was ist mit deiner Ausbildung zur Turnierreiterin?", fragte Frau Simon überrascht und ein bisschen enttäuscht.

Holly trat Sarah unterm Tisch unauffällig gegen das Schienbein. Dann nickte sie Sarah aufmunternd zu.

Sarah verstand, was Holly ihr sagen wollte. Sie holte tief Luft, und schon platzte es aus ihr heraus. „Wisst ihr, ich möchte eigentlich gar keine Springreiterin werden. Ich möchte Zeit für Toby haben. Ich möchte, dass er nicht mehr in einem Stall mit Gittern stehen muss!"

Frau Simon verschlug es die Sprache. Sie sah

erst ihre Tochter mit ernster Miene an und dann ihren Mann.

„Da hast du was angerichtet, Sarah." Frau Simon klang traurig. „Erst ermöglichen wir Toby das Training auf dem Apfelblütenhof und jetzt das."

Sarah blickte betreten auf den Tisch.

Da wandte sich Annie an Frau Simon. „Wissen Sie, umsonst war das Training mit Toby ganz bestimmt nicht."

„Ich weiß", sagte Herr Simon und zog die Brieftasche aus dem Jackett.

„So meinte ich das nicht", verteidigte sich Annie. „Hier auf dem Apfelblütenhof haben Sarah und Toby wieder gelernt, gut miteinander auszukommen. Sie haben neues Vertrauen gefasst. Das ist doch viel wert."

„Stimmt", lenkte Frau Simon ein.

„Also denken Sie bitte noch mal über Sarahs Wunsch nach. Die Unterbringung hier kostet nicht so viel wie der Stall in der Stadt. Und außerdem kümmere ich mich um Toby. Sarah kann jederzeit zum Reiten kommen. Mit dem Bus ist sie in einer halben Stunde bei uns. Und die Mädchen können zusammen ausreiten – frei von Leistungsdruck mit ihren Ponys durch die Natur. Hört sich das wirklich so schlimm an?“ Annie sah Frau Simon fragend an.

Holly drückte die Daumen so fest, dass es schon fast wehtat.

Dann wandte sich Sarahs Vater an seine Frau und sagte etwas Überraschendes: „Weißt du, Merle, eigentlich war es ja nie Sarahs Wunsch, Springreiterin zu werden. Du wolltest das gerne für sie. Wir haben Sarah ein schickes Reitpony gekauft und sie hat sich damit durchgekämpft. Aber es ist ihr Leben. Dein Hobby war die Springreiterei. Ich erinnere mich noch gut: von einem Turnier zum nächsten, jedes Wochenende um fünf oder sechs Uhr mit Hänger und Pferd los. Und wofür das Ganze? Für ein paar Pokale, die jetzt in unseren Schränken verstauben.“

„Du weißt, Tim, ich habe das geliebt“, verteidigte sich Sarahs Mutter und zupfte nervös an ihrem Seidenschal. „Aber du hast Recht. Es war mein Hobby und nicht Sarahs.“ Dann holte sie tief Luft. „Gut, einverstanden. Toby kann hierbleiben, wenn Sarah uns verspricht, sich an den Wochenenden und in den Ferien um ihn zu kümmern!“

„Ja, das verspreche ich!“, jubelte Sarah und weinte schon wieder. Diesmal vor lauter Freude. Das hätte sie sich nicht träumen lassen. Nun würde sie an den Wochenenden mit Toby ausreiten können – und mit Holly und Peppermint!

Auch Holly strahlte. Ihre Augen leuchteten. „Abgemacht und beschlossen“, sagte Herr Simon und schüttelte Annie die Hand.

Überglücklich liefen die beiden Mädchen auf die Ponykoppel. Sie mussten Toby und Peppermint die Neuigkeit erzählen – aber auch Speedy, Flocke, Prinz und Sternchen. Auch sie würden ab jetzt einen neuen Freund haben.

Dann aber konnte Sarah ihre dringende Frage nicht mehr zurückhalten. „Sag mal, Holly, war es das, was du dir gewünscht hattest? Du weißt doch, an der alten Zaubereiche?“

„Du meinst wohl unter dem Wunschbaum?“, fragte Holly und grinste.

„Ja.“

„Ja, ich hab mir gewünscht, dass ihr bleiben dürft. Da haben wir beide wohl denselben Wunsch gehabt!“, sagte Holly. „Und das hat ihn doppelt so stark gemacht. Sonst wäre er vielleicht gar nicht in Erfüllung gegangen, oder?“ Sie zwinkerte Sarah zu und streifte ihr Lederarmband vom Handgelenk ab. Mit einem Lächeln reichte sie es Sarah.

„Es ist aus bunten Lederbändern geflochten und hat einen kleinen silbernen Pferdeanhänger. Das ist ein Glücksbringer. Ich hab ihn von meiner Omama. Jetzt ist es ein Freundschaftsarmband.“

„Das ist aber hübsch!“, staunte Sarah.

„Möchtest du's haben? Ich schenke es dir!“

Sarah strahlte. „Ja, gerne. Aber jetzt hast du ja keins mehr."

„Kein Problem", winkt Holly ab. „Omama macht mir bestimmt ein Neues. Dann haben wir beide eins."

„Heißt das, dass wir jetzt Freundinnen für immer sind?" Sarah strahlte.

„Ja!", sagte Holly. „Freundinnen für immer!"

Die Mädchen umarmten sich und dann ihre völlig überraschten Ponys. In diesem Moment waren Holly und Sarah die glücklichsten Mädchen auf der ganzen Welt.

Schon jetzt freuten sie sich auf viele gemeinsame Abenteuer – mit Peppermint und Toby und all den anderen Tieren auf dem Apfelblütenhof.

Peppermint stupste Holly an. Es sah aus, als würde er sich auch freuen. Und dann zwinkerte er Holly zu.

Für schlaue Pferdefreunde

Die Sprache der Pferde

Pferde verständigen sich durch Körpersprache miteinander. Sie setzen feine Signale mit den Ohren, mit dem Schweif und mit ihren Bewegungen.

Wenn du ein Pferd länger kennst, wirst du es bald verstehen lernen. Es zeigt dir, ob es sich wohlfühlt, ob es Angst hat, ob es etwas gerne mag oder ob es einsam ist. So sieht z. B. ein entspanntes Pferd aus:

An den Ohren kannst du besonders gut erkennen, in welcher Stimmung das Tier ist.

Legt das Pferd die Ohren an, halte dich besser zurück. Es könnte beißen. Es gibt aber auch Pferde, die nur beim Fressen die Ohren anlegen. Sie zeigen dir dann, dass sie ungestört sein wollen.

Ohren nach hinten gelegt:
Halte besser Abstand!

Ohren nach vorne gestellt:
Ich bin freundlich
und interessiert.

Ohren hängen:
Ich ruhe mich aus.

Bleckt ein Pferd die Zähne,
droht es. Vorsicht also!

Wir sind Freunde

Pferde berühren sich zur Begrüßung sanft mit den Nüstern und nehmen den Geruch des anderen auf. Dabei beschnuppern sie sich gegenseitig.

So finden sie heraus, ob sie sich mögen, also ob sie sich „riechen können“ oder nicht.

Wenn sie besonders angenehme oder unangenehme Gerüche aufnehmen, flehmen sie.

Wenn Pferde sich mögen, beknabbern sie sich gerne gegenseitig die Mähnen. Sie stellen sich auch manchmal so, dass jeder dem anderen mit dem Schweif die Fliegen vom Kopf wedelt.

Annies Pfannkuchen

für sechs mittelgroße Pfannkuchen

Das brauchst du dazu:

- 1/8 l Milch (das ist etwa eine Kaffeetasse voll)
- zwei Eier
- 125 g Mehl
- eine Messerspitze Salz
- eine Prise Zucker
- zwei Prisen Zimt
- Pflanzenöl zum Braten

Die Küchengeräte:

- feines Sieb
- elektrisches Handrührgerät oder Schneebesen
- Rührschüssel
- Messbecher
- Stielpfanne
- Pfannenwender
- Schöpflöffel

Und so wird's gemacht:

1. Mehl in eine Schüssel sieben und mit Eiern, Salz, Zucker, Zimt, Milch und einem Tropfen Öl zu einem klümpchenfreien Teig rühren.
2. Bei mittlerer Hitze so viel Pflanzenöl in der Pfanne erhitzen, dass der Pfannenboden knapp bedeckt ist.
3. Etwa eine halbe Schöpfkelle Teig in das heiße Fett laufen lassen.
4. Wenn der Teig auf der einen Seite leicht knusprig und goldgelb ist, den Pfannkuchen wenden und auf der anderen Seite backen.

5. Die fertigen Pfannkuchen auf einem Teller stapeln.

Pfannkuchen schmecken am besten mit Zimtzucker überstreut und mit Apfelmus. Vermische für den Zimtzucker einen Teelöffel Zimt mit zwei bis drei Esslöffeln Zucker.

Tipp:

Manchmal wendet Annie die Pfannkuchen in der Luft. Das ist sehr schwer. Versucht so etwas nicht ohne einen Erwachsenen, denn ihr könntet euch an dem heißen Fett verbrennen!

Pony Peppermint

Abenteuer am Strand

Inhalt

Gute Neuigkeiten

Holly schleuderte die Schultasche in die Ecke und ließ sich mit einem lauten Rums auf den Küchenstuhl fallen. Ihre Großmutter zog erschrocken den Kopf aus dem Schrank. Dabei stieß sie sich am Türrahmen. Mit schmerzverzerrtem Gesicht drehte sie sich zu Holly.

„Du solltest dich wirklich nicht so heranschleichen“, stöhnte sie und wischte sich eine rotblonde Strähne aus dem Gesicht.

Holly sah sie verwirrt an. „Ich bin doch gar nicht geschlichen, Omama! Ich dachte, der Krach hat dich erschreckt?“

„Ganz genau!“ Hollys Großmutter rieb sich den Hinterkopf. „Du solltest wirklich nicht so einen Lärm machen. Da kriegt man ja einen Riesenschreck.“

Holly kicherte.

„Tut mir leid, Omama. Das nächste Mal bin ich laut-leise. Hast du dir wehgetan?“ Liebevoll streichelte Holly den Arm ihrer Großmutter.

„Nein, nein, Liebes. Alles halb so schlimm.“ Omama schloss die Schranktür und steckte die Haarsträhne wieder fest. „Und wie war's in der Schule?“

„Super! Weil sie nämlich jetzt endlich vorbei ist“, jubelte Holly. „Pfingstferien! Eine Woche lang! Eine ganze Woche auf dem Apfelblütenhof mit Peppermint! Aber …“ Holly machte ein langes Gesicht. „… wahrscheinlich kommt Sarah nicht mit.“ Sarah war Hollys beste Freundin. Sie wohnte in der Stadt und kam nur an den Wochenenden und in den Ferien zum Apfelblütenhof.

Holly seufzte. „Sie muss mit ihren Eltern zu einer Hochzeit.“

Bevor Omama sie trösten konnte, klingelte das Telefon. Holly rannte ins Wohnzimmer. Sie stolperte über die Teppichkante und riss den Hörer ans Ohr.

„Hier ist Holly Sandberg.“

„Hallo, Holly!“, antwortete eine bekannte Stimme.

„Hallo, Sarah! Ich habe gerade an dich gedacht! Wie geht’s?“

„Super Neuigkeiten!“, sprudelte es aus Sarah heraus. „Ich muss nicht mit zu der Hochzeit! Meine Eltern haben schon mit Annie gesprochen. Morgen Früh bringen sie mich zum Apfelblütenhof.“ Sarah lachte. „Ich darf die ganzen Ferien über bleiben!“

„Jippie!“ Holly quietschte vor Freude. „Das sind ja allerbeste Neuigkeiten. Morgen schon? Na, unsere Ponys haben uns bestimmt vermisst!“

„Ganz bestimmt!“, antwortete Sarah. „Ich hab Toby schon zwei Wochen nicht gesehen! Es war einfach zu viel los in der Schule – so kurz vor den Ferien.“

„Ja, das stimmt“, bestätigte Holly. „Die vielen Klassenarbeiten … und dann die Klassenfahrt.“

„Kommst du morgen auch zum Apfelblütenhof?“, fragte Sarah ungeduldig.

„Darauf kannst du wetten!“, antwortete Holly wie aus der Pistole geschossen.

„Hurra! Ich kann’s kaum erwarten. Bis morgen also!“

„Bis morgen!“

Holly legte den Hörer auf und machte einen Freudentanz zurück in die Küche. Sie schnappte ihre völlig verdutzte kleine Schwester Amelie und hob sie in die Luft. Dann nahm sie Omama bei den Händen und wirbelte mit ihr einmal um den Küchentisch.

„Das waren wohl gute Nachrichten?“, keuchte Omama und setzte sich atemlos auf den Stuhl.

„Sarah kommt morgen auch schon!“ Holly strahlte.

„Sie kommt hierher?“

„Doch nicht hierher, Omama. Natürlich zum Apfelblütenhof! Wie ich mich freue! Endlich bin ich wieder bei Peppermint“, schwärmte Holly. Dabei hob sie theatralisch die Hände, als hätte sie das Pony jahrelang nicht gesehen.

Peppermint war ein kleiner Schecke, den Annie einem Wanderzirkus abgekauft hatte. Mit viel Liebe und Geduld war das kleine Pony zutraulich geworden.

„Wann darf ich denn endlich reiten?“, quengelte Amelie.

Holly wuschelte ihrer Schwester durchs Haar. „Das muss Annie entscheiden. Und außerdem bist doch noch viel zu klein!“

„Und du bist doof“, antwortete Amelie beleidigt.

„Ich kann dich ja mal mit Flocke auf dem Reitplatz führen!“, bot Holly an.

Amelie seufzte. „Ich muss das Thema mal mit Annie diskutieren“, meinte sie. Das klang so gewichtig, dass Holly und Omama leise kicherten.

„Diskutier du das mal mit Annie“, bestärkte Holly sie mit ernster Miene.

Annie war eine Freundin von Hollys Mutter. Ihr gehörte der Apfelblütenhof.

„Wann kommt Mam eigentlich nach Hause?“, wollte Holly von Omama wissen.

„Ach, das wird noch ein bisschen dauern. Ich bleib solange bei euch“, antwortete Omama. „In der Praxis ist vor den Ferien viel los.“ Hollys Mutter arbeitete als Helferin in einer kleinen

Tierarztpraxis. „Ach, und Holly, bevor du dich aus dem Staub machst …!“

„Ich weiß, ich weiß! Ich räume mein Zimmer auf, bring die schmutzige Wäsche in die Waschküche, pack meine Schulsachen weg und …“

„… und isst erst mal ein Brot“, warf Omama augenzwinkernd ein und schob den beiden Mädchen einen großen Teller mit Käsebroten und geschnittenen Tomaten hin.

Holly hatte gut zu tun, bis ihr Zimmer aufgeräumt war. Als sie die Tasche für die Ferien endlich gepackt hatte, setzte sie sich aufs Bett und atmete tief durch. Sie nahm ihr Lieblingsfoto vom Nachttisch. Es zeigte Peppermint und Holly an einem schönen Sommertag. Holly hatte die Arme um den kleinen Schecken geschlungen und lachte in die Kamera. Es sah aus, als würde Peppermint auch lachen.

Holly spürte ein vertrautes Kribbeln im Bauch. So war es immer, wenn sie an Peppermint dachte oder Peppermint an sie. Das Pony war ganz tief mit ihr verbunden. Vor einiger Zeit hatte sich in einer Sternschnuppennacht etwas Wunderbares ereignet. Seit jener Nacht konnte Holly Peppermint viel besser verstehen und er verstand sie. Das war Hollys großes Geheimnis.

Wieder kribbelte es in Hollys Bauch. Bestimmt vermisste Peppermint sie sehr! In Gedanken sah sie ihn auf der Weide, wie er das saftige Gras fraß, mit seinen Ponyfreunden tobte oder mit der Ziege Meggy spielte. Am liebsten hätte sie sich sofort auf ihr Fahrrad geschwungen und wäre losgefahren.

„Aber morgen ist es endlich so weit", flüsterte sie dem Foto zu. „Morgen komme ich zu dir, Peppermint. Versprochen!"

Endlich Ferien

Holly strampelte auf ihrem Fahrrad die letzten Meter des Feldwegs entlang. Die schwere Tasche wackelte auf dem Gepäckträger hin und her und ihr Gesicht war feuerrot vor Anstrengung. Dann lag er endlich vor ihr: der Apfelblütenhof.

Holly legte sich in die Kurve und schlitterte über den Kiesweg. Sie lehnte ihr Fahrrad an die Mauer des Kräutergartens und stellte die Tasche auf der Treppe vor dem Fachwerkhaus ab.

Als hätten sie sich abgesprochen, fuhr in diesem Moment ein Geländewagen auf den Parkplatz. Holly flitzte hinüber. Die Fahrzeugtür öffnete sich und Sarah fiel ihr stürmisch in die Arme.

„Du bist ja früh da!", riefen beide wie aus einem Mund.

Dann sahen sie sich an und lachten.

Billi und Bo stürmten hinter der Scheunentür hervor und kläfften, wie es sich für gute Wachhunde gehörte. Der schwarze Kater Charly lief ihnen mit hochgestelltem Schwanz hinterher.

Mit fuchtelnden Armen und einem fröhlichen „Hallo!“ kam Annie aus dem Haus gelaufen.

„Du meine Güte, ihr Hunde! Lasst doch wenigstens mal die Leute aussteigen! Tut mir leid“, sagte sie zu Sarahs Eltern, die sich endlich aus dem Auto wagten. „Die beiden sind immer so stürmisch. Sie freuen sich so, wenn jemand zu Besuch kommt.“

Die Ziege Meggy schielte vorsichtig um die Ecke. Dann trabte sie mit hocherhobenem Kopf auf Holly zu und begrüßte sie mit lautem Meckern. Dabei bimmelte das Glöckchen an ihrem roten Halsband.

Annie zupfte ihren Rock zurecht und gab Sarahs Eltern herzlich die Hand.

„Sarah hat sich so sehr gefreut, dass sie die

beiden Wochen bei Ihnen sein darf. Hoffentlich macht es Ihnen nicht allzu viel Mühe?“ Frau Simon blickte Annie fragend an.

Annie schüttelte den Kopf.

„Ach was!“, meinte sie nur.

„Wir kommen selbstverständlich für ihre Verpflegung auf und auch für alles andere“, versicherte Herr Simon und griff hastig nach der Brieftasche.

„Lassen Sie mal. Das bisschen, was Ihre Tochter isst, frisst mir bestimmt nicht die Haare vom Kopf! Außerdem können wir hier immer eine helfende Hand brauchen.“

Annie rückte die Brille etwas höher auf die Nase.

„Aber Sie kommen doch sicher noch auf eine Tasse Tee rein?“ Annie wartete gar nicht erst auf eine Antwort und schob Herrn und Frau Simon ins Haus.

Holly trat ungeduldig von einem Bein aufs andere und stupste Sarah an. Sie warf Annie einen bittenden Blick zu. „Wir würden viel lieber zu den Ponys gehen!“

„Dacht ich mir fast. Na, dann lauft schon, Mädchen!“, rief Annie über die Schulter und zwinkerte ihnen zu.

Das ließen sich die beiden nicht zweimal sagen. Hand in Hand rannten sie zu den Ponyställen, die beiden Hunde mit wedelnden Schwänzen hinterher. Lola, die Gans, konnte gerade noch ihre Küken zur Seite drängen und drei Hühner stoben empört auseinander.

Schon von Weitem schallte den beiden Mädchen das fröhliche Wiehern der sechs Ponys aus dem großen Offenstall entgegen. Holly schlang die Arme um Peppermints Hals. Sie vergrub das Gesicht in seiner Mähne und atmete den vertrauten Duft tief ein.

„Mein Peppermint!“, flüsterte sie ihm ins Ohr. Dann kraulte sie ihn liebevoll. Der Schecke legte den Kopf auf ihre Schulter und genoss es, gestreichelt zu werden.

„Oh, Peppermint, ich hab dich ja so vermisst. Bestimmt hast du lange auf mich gewartet. Aber jetzt bin ich die ganzen Ferien bei dir!“

Peppermint schnaubte. Gleich knabberte er auch schon mit seinem weichen Maul an Hollys Hosentasche auf der Suche nach einem Leckerli.

„Pech gehabt! Aber warte, ich hol dir gleich was!“, tröstete Holly ihn.

Holly lief zur Futterkiste in der Scheune, öffnete die schwere Holzklappe und stopfte sich die Taschen mit Äpfeln voll. Als sie sich umdrehte, traute sie ihren Augen nicht. Da lief ihr doch tatsächlich Peppermint hinterher!

Holly schüttelte ungläubig den Kopf. „Du freches Zirkuspony! Du hast wohl mal wieder die Stalltür allein aufgemacht. Für dich brauchen wir bald ein Sicherheitsschloss!“

Peppermint sah sie spitzbübisch an und schnaubte. Dann scharrte er mit dem Vorderhuf.

„Denkst wohl, wenn du bettelst, gibt's immer was? Na, dann will ich mal nicht so sein.“

Holly steckte ihm einen Apfel zu und verschloss schnell die Futterkiste mit dem Riegel.

„Vor dir ist ja nichts sicher! Gut, dass du die Kiste wenigstens nicht alleine aufkriegst. Sonst wärst du nämlich längst geplatzt!“

Sie schubste Peppermint zur Seite und gab ihm einen liebevollen Klaps.

„Jetzt aber ab in den Stall mit dir!"

Sarah streichelte Toby mit ruhigen Bewegungen. Ihr Pony war ganz anders als Peppermint. Mit ihm konnte sie nicht so liebevoll schmusen, einfach auf ihn zustürmen oder sich ihm um den Hals werfen. Toby wurde leicht nervös, wenn sich etwas Unerwartetes ereignete. Doch seit er auf dem Apfelblütenhof neben Peppermint im Stall stand, war er schon viel zutraulicher geworden. Die beiden Ponys knabberten sich gegenseitig über die Stallwand die Mähnen und waren dicke Freunde geworden.

Holly öffnete die Holztür des Offenstalls.

„Hallo, ihr Zotties!", rief sie den anderen Ponys zu. „Ihr dürft jetzt endlich auf die Weide!" Sie lockte die vier mit den Äpfeln heran. „Unsere beiden lassen wir erst mal noch drin", sagte sie zu Sarah. „Vielleicht können wir ja gleich einen kurzen Ausritt machen."

Die Mädchen legten den Ponys die Halfter an. Sarah führte die Schimmelstute Sternchen und den Rappen Prinz, Holly folgte ihr mit der Fuchsstute Flocke und Speedy, dem Braunen, zur Weide. Schon steckten die vier Ponys die Nasen ins satte Gras.

„Wir fahren jetzt los!“, rief ihnen Frau Simon vom Parkplatz zu.

„Ich komme!“, antwortete Sarah. Die beiden Mädchen liefen um die Wette zum Auto. Dabei wippten ihre Zöpfe auf und ab – ein rotblonder und ein schwarzer. Sarah gewann das Rennen mit knappem Vorsprung.

„Tschüss, mein Schatz. Sei ein gutes Mädchen und mach Annie keine Sorgen!“, mahnte Frau Simon.

„Versprochen!“ Sarah umarmte ihre Eltern und gab ihnen einen dicken Kuss. „Ihr seid so lieb! Gute Reise!“ Sie winkte ihnen hinterher, bis das Auto nicht mehr zu sehen war.

Es musste schön sein, einen Vater so richtig um sich zu haben, dachte Holly. Ihr Vater setzte sich im Ausland für Windparks ein und kam zwischendurch nur für kurze Zeit nach Hause. Holly seufzte. Immerhin hatte sie Mam, Omama, Amelie und ihre Freundin Sarah. Und da war ja auch der Apfelblütenhof mit Annie, David und Peppermint, dem liebsten Pony von der ganzen Welt. Sofort fühlte Holly sich wieder glücklich.

David ratterte mit dem Traktor, der alten Bessie, über den Hof. Er hatte die Baseballkappe in den Nacken geschoben und lachte die Mädchen breit an.

Der schlaksige Junge war wie ein großer Bruder für Holly. Er war Annies Neffe und lebte seit ein paar Jahren auf dem Hof. Mit ihm konnte man lachen und viel Spaß haben.

„Lasst uns ins Haus gehen. Vielleicht können wir Annie ein paar Kekse abschwatzen", schlug er vor. „Mein Magen knurrt wie verrückt."

Er stellte den Motor ab, rutschte vom Sitz des

Traktors und schob Holly und Sarah vor sich her in die Küche.

Dort schnappte David sich ein paar Kekse, steckte einen Apfel in die Tasche und verschwand wieder.

„Das wird heute ein warmer Tag. Ihr solltet schwimmen gehen", schlug Annie vor.

„Schwimmen gehen. Was für eine Superidee!", rief Holly. „Dann könnten wir doch mit unseren Ponys zum Strand reiten!"

„Na, dann los!", stimmte Annie zu. „Warum macht ihr nicht ein Picknick? Da sind noch Brötchen vom Frühstück übrig, alles andere findet ihr im Kühlschrank. Nehmt was zu trinken mit, packt die Halfter ein und denkt an die Reitkappen! Leckerli für die Ponys könnt ihr auch haben. Aber um vier Uhr treffen wir uns alle wieder hiern nicht wahr?"

„Na klar!", riefen Holly und Sarah gleichzeitig. Jeden Tag um vier gab es bei Annie selbst gebackenen Apfelkuchen mit Tee oder Kakao.

Das ließ sich keiner entgehen. Annie backte nämlich die allerbesten Apfelkuchen weit und breit.

Es dauerte nicht lange, da hatten Holly und Sarah die Rucksäcke gepackt und die beiden Ponys geputzt und gesattelt. Jetzt konnte es losgehen!

Eine ungewöhnliche Entdeckung

Die Luft prickelte wie Apfelschorle. Es duftete nach Frühling. Die Sonne schien hell und freundlich auf die beiden Mädchen herunter. Die Ponys schnaubten leise.

Holly und Sarah ritten ein Stück im Schritt. Als sie die Brücke über den Krötenbach hinter sich gelassen hatten, trabten sie in den Wald hinein. Die Blätter waren saftig grün. Ein Specht klopfte und Schmetterlinge tanzten.

Holly und Sarah waren froh, endlich wieder auf ihren Ponys zu sitzen. Obwohl Peppermint ein ganzes Stück kleiner war als Toby, hielt er gut Schritt. Die beiden Freundinnen schwatzten und lachten. So trabten sie den schmalen Waldweg entlang, der direkt zum Strand führte.

„Sieh nur, wie die Sonne auf dem Wasser glitzert! Was für ein wunderschöner Tag“, schwärmte Sarah.

„Ach, wenn wir nur immer Ferien hätten!“, wünschte sich Holly.

Es war Ebbe und die auslaufenden Wellen malten ein Muster in den breiten Sandstrand.

„Lass uns bis zum Leuchtturm galoppieren!“, schlug Holly vor.

Und los ging’s.

In gleichmäßigem Galopp ritten die beiden Mädchen den Strand hoch und runter. Der dumpfe Klang der Hufschläge auf dem festen Sandboden vermischte sich mit dem Rauschen von Wind und Wellen. Holly war einfach glücklich.

„Was für ein Ritt!“, jubelte sie und klopfte Peppermint den Hals. Es war ein perfekter Tag.

Die Mädchen parierten die Pferde mit einem leisen „Brrrr“. Langsam kamen sie zum Stehen. Sie rutschten aus den Sätteln und ließen sich erschöpft in den Sand fallen. So blieben sie liegen, bis die Ponys verschnauft hatten.

Dann sattelten sie ab und tauschten die Trensen gegen die Halfter aus. Sie banden die Ponys an dem hölzernen Balken fest, den David im letzten Jahr aufgestellt hatte. Peppermint und Toby schnaubten zufrieden. Sie genossen die warme Sonne.

„So, bitte schön, ihr beide!“ Holly streckte Toby und Peppermint je einen Apfel hin. Sie gab den Ponys einen liebevollen Klaps. Dann aßen die Mädchen ihre Brötchen und tranken Holunderbeersaft. Die Sonne brannte heiß herunter. Holly und Sarah schlüpften in ihre Badeanzüge.

„Jetzt aber ab ins Wasser!“

Mit Freudengeheul rannten die zwei Mädchen in die Wellen.

„Eieieieiei“, qietschte Sarah. „Das Wasser ist ja eiskalt!“

„Du darfst nicht dran denken“, rief ihr Holly zu, die wie ein Storch immer tiefer ins Wasser watete. „Lauf einfach mit vollem Tempo rein.“

Schon schwappten Holly die Wellen um die Knie.

„Das kann ich nicht. Ich muss ganz langsam Stück für Stück reingehen. Ich will mich erst an die Kälte gewöhnen“, jammerte Sarah. Sie schlang die Arme um den Körper und wackelte mit einem Zeh im Wasser.

„Aber das ist das Dümmste, was du machen kannst. Dann wird es nur noch kälter.“

Doch Sarah war nicht zu überzeugen.

„Wenn du jetzt nicht kommst, spritz ich dich nass!“, drohte Holly und lachte.

„Wag das bloß nicht! Daran darfst du nicht mal denken!“

Holly bewegte sich auf Sarah zu, als würde sie sehr wohl daran denken und es wirklich wagen.

„Oooooohhhh!“, brüllte Sarah kampflustig. Sie stürzte sich kopfüber ins Wasser direkt auf Holly zu. Sie drehte sich auf den Rücken und strampelte so wild mit den Beinen, dass Holly von oben bis unten nass gespritzt wurde.

Das gab eine wilde Wasserschlacht! Die beiden planschten, kicherten und kreischten vor Freude.

„Oh nein“, rief Holly plötzlich, als sie für einen Moment Luft holen konnte. „Peppermint hat sich losgemacht.“

Tatsächlich stand Peppermint mit den Hufen in den auslaufenden Wellen. Er tänzelte auf und ab, dann galoppierte er eine große Runde durchs flache Wasser.

Holly lachte. „Peppermint will mit uns baden! Komm, wir gehen zu ihm.“

„Sieh mal!“ Sarah deutete zum Anbindebalken. „Jetzt spielt auch Toby verrückt!“

Natürlich wollte Toby nicht länger allein stehen. Er wieherte, scharrte wild mit den Hufen und zerrte am Strick.

„Ich muss schnell zu ihm!“, rief Sarah ängstlich. Holly und Sarah rannten an den Strand.

„Komm schon, Peppermint!“ Holly griff in sein Halfter.

Der Schecke warf ihr einen frechen Blick zu, befreite sich aus ihrem Griff und galoppierte noch einmal im großen Bogen durch die Wellen. Dann nahm Peppermint Anlauf und verschwand über die Dünen.

„Halt, Peppermint!“, schrie Holly und rannte ihm hinterher. „Warte! Ich kann nicht mehr!“ Sie stolperte durch den tiefen Sand. Von Weitem sah sie, wie der Schecke am Waldrand stehen blieb. Seine Ohren zuckten. Irgendetwas hatte seine Aufmerksamkeit erregt.

Sarah hatte große Mühe, Toby zu beruhigen.

Natürlich wollte er zu Peppermint. Sie band ihn los und lief mit ihm hinter Holly her.

„Was ist los?“, wollte Sarah wissen. „Was soll das?“

„Ich seh Peppermint da vorn. Da ist irgendwas …“

„Hoffentlich kein Wildschwein“, sagte Sarah besorgt. „Die sind gefährlich, wenn sie Junge haben!“

„Keine Angst, hier gibt’s keine Wildschweine. Außerdem trauen die sich am Tag nicht raus. Komm, wir sehen mal nach, was da ist!“

Sarah warf ihr einen ängstlichen Blick zu. „Könnte es was anderes Gefährliches sein? Vielleicht Bären?“ Sarah bibberte theatralisch.

Holly grinste mitleidig.

„Ja, Brombeeren … Aber keine Panik! Peppermint bringt uns bestimmt nicht in Gefahr.“

„Woher willst du das wissen?“

„Ich … ich weiß nicht. Es ist nur so, dass ich es spüre“, stammelte Holly. Wie sollte sie Sarah die tiefe Verbindung mit Peppermint erklären, ohne ihr Geheimnis zu verraten? „Mach dir einfach keine Sorgen."

Sarah warf ihr einen verständnislosen Blick zu, aber sie fragte nicht weiter.

Die Mädchen liefen mit Toby auf Peppermint zu. Er stand mit gesenktem Kopf zwischen zwei Bäumen und einer Brombeerhecke. Es sah aus, als würde er grasen.

„Typisch Peppermint! Immer nur Fressen im Kopf!", schimpfte Holly.

Peppermint hob den Kopf, sah sie aufmerksam an und brummelte. Holly bekam plötzlich Bauchkribbeln. Peppermint wollte ihr etwas Wichtiges zeigen. Das spürte sie.

„Sieh doch!", rief Holly überrascht, sodass Sarah erschrocken zusammenfuhr. „Das ist ja unglaublich! Ein winziges Reh!"

Sarah drückte Toby zurück und blickte gespannt auf das Gebüsch.

In einer Kuhle vor der wilden Brombeerhecke lag ein Rehkitz. Es sah Holly ängstlich an, dann blökte es wie ein Lämmchen. Sarah reckte den Kopf noch weiter vor, um besser sehen zu können.

„Ist das süß!“, flüsterte sie. „Du armes kleines Bambi! Hat dich deine Mama hier einfach liegen gelassen?“

In seiner Panik versuchte das Tier aufzustehen. Doch es war zu schwach und fiel gleich wieder in sich zusammen.

„Sicher hat es Hunger!“, jammerte Sarah. „Aber vielleicht kommt seine Mutter ja wieder?“

„Ja, normalerweise kommt die Mutter immer zurück. Aber irgendetwas stimmt hier nicht.“ Holly ging ein Stück näher an das Tier heran. „Sieh mal, es ist verletzt! Da ist Blut.“

„Oh, wie schrecklich! Es hat bestimmt Schmerzen“, sagte Sarah mitleidig.

„Wir müssen den Tierarzt rufen“, sagte Holly mit fester Stimme. „Na, eben meine Mutter! Mam weiß bestimmt, was wir jetzt am besten machen!“

„Aber wie kriegen wir das Reh zu ihr?“, fragte sich Sarah. „Wenn wir es tragen, tun wir ihm bestimmt weh. Und was machen wir mit unseren Ponys?“

Die Mädchen sahen sich unschlüssig an. Dann traf Holly eine Entscheidung.

„Du sattelst Toby und reitest mit ihm zum Hof. Schaffst du das alleine?“

„Sicher!“, sagte Sarah mutig und kniff die Lippen zusammen.

„Annie hat bestimmt eine Idee. Ich warte hier mit Peppermint und bewache das Kleine!“

„Ich beeil mich!“ Sarah lief mit Toby zum Anbindebalken, sattelte ihn und ritt los.

Peppermint hilft

„Das arme Kitz. Sieh nur, Peppermint, wie es zittert“, flüsterte Holly. „Es hat bestimmt große Angst.“

Sie ging langsam in die Knie und setzte sich vor die Mulde. Peppermint stand hinter ihr und legte den Kopf auf ihre Schulter. So verharrten sie eine Weile ganz still.

Das Rehkitz atmete langsamer, beruhigte sich und senkte das winzige Köpfchen ins Gras. Peppermint brummelte leise und ging einen kleinen Schritt auf das Tier zu. Mühsam hob es wieder den Kopf und quäkte. Es klang wie ein weinendes Kind.

Peppermint stupste das Reh sanft mit dem

weichen Maul an. Das Kitz blieb ganz ruhig. Zaghaft streckte es dem Pony das Köpfchen entgegen und blickte es mit großen Augen an.

Holly beobachtete die beiden fasziniert. Unglaublich!, dachte sie.

Dann ließ das Reh erschöpft den Kopf auf die Vorderläufe sinken, schloss die Augen und schlief ein.

Holly beobachtete das schlafende Rehkitz noch eine Weile und stand dann so leise wie möglich auf.

„Peppermint, du bleibst hier!“, flüsterte sie dem Schecken ins Ohr. „Ich halte schon mal Ausschau nach Sarah und pass auf, dass sie es nicht erschreckt.“

Wie zur Antwort zuckte Peppermint mit den Ohren. Er blieb ganz ruhig stehen. Holly hockte sich einige Meter entfernt in die Sonne auf einen Baumstamm.

Holly grübelte. So viele Fragen schwirrten in ihrem Kopf herum. Wie schwer das Reh wohl verletzt war? Ob das schwache Kerlchen überleben konnte? Ob es wusste, dass sie ihm nur helfen wollten?

Laute Hufschläge rissen sie aus ihren Gedanken. Gerade noch rechtzeitig sprang Holly auf und lief auf ihre Freundin zu. Mit rudernden Armen gab sie ihr ein Zeichen, leise abzusteigen.

„Ist was passiert?“, wollte Sarah wissen. „Lebt das Bambi noch?“ Sie ließ sich aus dem Sattel gleiten.

„Alles ist gut. Peppermint bewacht es. Die beiden haben sich angefreundet. Aber jetzt schläft es. Wir müssen leise sein, sonst wacht es wieder auf!“

„Klar“, flüsterte Sarah.

„Und? Kommt Annie her?“

„Ja, sie kommt mit David. Sie haben ein paar Sachen in den Pick-up geladen. Eigentlich müssten sie gleich hier sein.“

„Was hat sie denn gesagt?“, hakte Holly aufgeregt nach. „Meint sie, dass wir das Rehlein retten können?“

„Sie will es sich erst mal angucken. Und sie muss den Förster anrufen“, berichtete Sarah.

„Wieso den Förster?“, fragte Holly überrascht.

„Sie hat gesagt, dass der Wald an einen Jäger

verpachtet ist oder so. Ich hab's nicht so ganz verstanden."

„Ein Jäger?" Jetzt blieb Holly die Luft weg. „Das arme Rehbaby! Für den ist es doch nur ein Sonntagsbraten."

„Jetzt reg dich nicht auf! Noch ist ja gar nichts passiert", sagte Sarah und legte ihrer Freundin die Hand auf die Schulter.

Toby scharrte mit dem Huf, als würde er Hollys Aufregung teilen.

„Du kennst Annie doch. Sie rettet sogar die Fliege an der Wand. Bestimmt lässt sie nicht zu, dass man einem verletzten Tier was antut. Nicht wenn sie es irgendwie verhindern kann."

Holly sah sie unsicher an. Ihr Blick huschte zu Peppermint, der friedlich neben dem schlafenden Rehkitz graste.

„Vielleicht sollten wir es besser hier im Wald gesund pflegen ...", überlegte sie. „Und keinem was davon erzählen. Dann kann es weglaufen, wenn es wieder gesund ist, und der Jäger kriegt es nicht."

„Jetzt mal doch nicht gleich den Teufel an die Wand“, versuchte Sarah sie zu beruhigen.

Die Unterhaltung wurde vom ratternden Motorengeräusch des alten Pick-ups unterbrochen.

„Ich lauf ihnen ein Stück entgegen. Warte du hier mit Toby!“, sagte Holly.

So rasch sie konnte, rannte Holly dem Fahrzeug entgegen und lotste es in die Nähe des kleinen Patienten.

Annie und David stiegen aus und folgten ihr durch das Buschwerk. Gleich darauf standen alle gerührt um das verletzte Reh. Selbst Toby, der sonst immer so ungeduldig war, verhielt sich ruhig. Es schien, als würde er spüren, wie wichtig das jetzt war.

David holte schnell eine Tasche mit Verbandszeug.

Annie kniete sich neben das winzige Rehkitz und gab beruhigende Laute von sich. Dann streckte sie die Hand langsam aus und strich dem ängstlichen Tier behutsam über den Kopf. Es hatte Mühe, die Augen aufzuhalten, und fiepte herzerweichend.

„So! Keine Angst, wir tun dir nicht weh. Wir wollen dir helfen“, wisperte Annie liebevoll. Sie drehte sich zu David um. „Gib mir mal das Fläschchen“, forderte sie ihn leise auf. „Seht mal, wie tief seine Augen liegen. Und die Rippen kann man zählen! Es war gut, dass ihr es gefunden habt. Hier wäre es jämmerlich zugrunde gegangen!“

David reichte ihr ein Fläschchen mit winzigem Sauger.

„Trinken denn Rehe Milch?“ Holly war überrascht.

„Das ist keine normale Milch. Die würde es nicht vertragen. Das ist Schafsmilch“, beruhigte David sie.

„Aber wo hast du die so schnell hergezaubert?“, wollte Holly wissen.

David schmunzelte. „Das ist mein Geheimnis.“

Die Mädchen sahen fasziniert zu, wie Annie das Rehkitz vorsichtig anhob und es geduldig zum Trinken ermunterte. Es musste sehr hungrig gewesen sein, denn es saugte, ohne zu zögern.

Dabei schluckte es so heftig, dass es die Hälfte der Milch auf sein Brustfell kleckerte.

„Nicht so hastig“, sagte Annie. „Du verschluckst dich noch. Das wäre nicht gut!“

Doch das kleine Reh saugte gierig weiter.

„Das ist ein gutes Zeichen! Holly, komm her und halt das Fläschchen“, bat Annie leise. „Ich will mir mal ansehen, was mit ihm los ist!“

Holly traute sich kaum zu atmen, als sie sich hinkniete und das Rehkitz weiterfütterte.

Vorsichtig massierte Annie den Bauch des zitternden Tieres und streichelte über seinen Körper. Dann strich sie sanft über sein verletztes Bein. Mit leichtem Druck brachte sie das Kitz dazu, es auszustrecken. Das Tier war so auf das Trinken konzentriert, dass es Annies Untersuchung widerstandslos über sich ergehen ließ.

„Sieht nach Stacheldraht aus“, murmelte Annie. „Die Wunde ist ziemlich tief.“

Sarah und Holly zuckten zusammen, als sie das blutverkrustete Fell am Bein sahen.

„Da hatte es Glück im Unglück!“, meinte Annie. „Die Sehne scheint nicht verletzt zu sein. Und Gott sei Dank ist es auch keine Bissverletzung. Dann hätten wir nämlich noch das Tollwutrisiko.“

Holly schnappte erschrocken nach Luft. Tollwut war eine schlimme Krankheit, die auch Menschen gefährlich werden konnte.

„Ich frage mich, wie viel Blut der kleine Kerl schon verloren hat. Am besten versorgen wir die Wunde gleich hier, bevor wir ihn transportieren.“ Annie nickte David zu.

Er holte Jod, Mullbinden und Verbandszeug aus der Tasche und reichte es Annie.

In der Zwischenzeit hatte das Rehkitz schon das ganze Fläschchen ausgetrunken. Holly stellte es zur Seite und murmelte beruhigende Worte.

„Streichle seinen Kopf. Es wird wahrscheinlich nicht mögen, was wir jetzt mit ihm machen. David, hilf mir! Komm auf die Seite und halt es gut fest. Es wird wieder versuchen aufzustehen. Aber das kostet es nur unnötig Kraft.“

Sanft drückte David das Rehkitz zu Boden. Während Annie die Wunde säuberte, versuchte sich das Kitz immer wieder aus Davids Händen zu befreien. Dabei quäkte es jämmerlich.

Doch Annies Bewegungen waren schnell und erfahren. Sie desinfizierte die Wunde, legte ein Stück Mull auf und verband das verletzte Bein. Dann packte sie das Verbandszeug wieder ein und stand auf.

„Zeit für den Transport“, bestimmte sie.

David holte eine improvisierte Trage aus dem Auto. Es war nicht viel mehr als ein Brett und eine dicke Wolldecke. Die Mädchen staunten.

„Schließlich müssen wir das Tier ja irgendwie bewegen“, bemerkte er.

Mit Annies Hilfe legte er den kleinen Patienten auf das weiche Transportbett und hielt ihn fest. So hoben sie ihn auf die Ladefläche des Geländefahrzeugs. Das kleine Kitz wusste nicht recht, wie ihm geschah. Alles ging so schnell, dass es nur einmal überrascht blökte.

„Holly, bring mir bitte die Tasche!“, rief Annie über die Schulter. „Und ihr reitet nach Hause, Mädchen!“

David setzte sich mit dem kleinen Patienten auf die Ladefläche und hielt ihn gut fest. Annie fuhr vorsichtig den holprigen Waldweg entlang. Sarah und Holly packten schnell ihre Sachen zusammen, sattelten die Ponys und ritten zurück zum Apfelblütenhof.

In Sicherheit

Holly und Sarah parierten Peppermint und Toby vor der Weide durch. Sternchen, Speedy, Flocke und Prinz reckten sofort neugierig die Hälse und galoppierten zum Tor. Die Mädchen sattelten ab, ließen ihre Ponys auf die Weide und gaben ihnen noch einen liebevollen Klaps aufs Hinterteil. Schon trabten Peppermint und Toby fröhlich los. Sie wälzten sich im Gras – einmal nach rechts, einmal nach links, sprangen wieder auf, schüttelten sich und liefen zu den anderen.

Holly lachte. „Bestimmt hat ihnen das Fell gejuckt!"

Peppermint drehte den Kopf zu ihr und wieherte.

Schwer beladen mit den Rucksäcken, Sätteln und Trensen rannten die Mädchen aufgeregt zur

Scheune. In einem warmen Nest aus Stroh in Peppermints Stall lag das kleine Reh.

„Ich werde gleich deine Mutter anrufen“, sagte Annie zu Holly. „Lasst das Reh erst mal ganz in Ruhe! Und jetzt ist Kuchenzeit!“ Sie lächelte. „Ja, und dann muss ich noch den Förster anrufen.“

„Aber warum den Förster?“, wollte Holly wissen. „Muss das sein?“

Annie zuckte mit den Schultern. „Ich fürchte ja. Wir wissen ja nicht, wem das Tier gehört.“

„Aber es ist doch ein wildes Tier aus dem Wald. Wie kann das jemandem gehören?“ Holly war erstaunt.

„So ganz einfach ist das nicht“, versuchte Annie zu erklären. „Der Wald um den Apfelblütenhof ist in Jagdreviere aufgeteilt. Für jedes Jagdrevier ist ein Jäger zuständig. Sie jagen die Tiere, aber sie sind auch für sie verantwortlich. Genau genommen gehört das Tier einem Jäger. Wir können mit dem Kitz nicht einfach machen, was wir wollen.“

„Aber das ist nicht fair“, protestierten Holly und

Sarah wie aus einem Mund. Sie malten sich schon das Schlimmste aus.

„Das Rehkitz ist doch verletzt“, meinte Sarah. „Was will denn der Jäger mit einem kranken Tier?“

„Fürs Erste ist es auf dem Apfelblütenhof sicher“, tröstete Annie die beiden.

Damit mussten sich die Mädchen zufriedengeben. Annie ging mit entschlossenem Schritt ins Haus. Billi und Bo sprangen neben ihr her. Sie spürten, dass ihr Frauchen im Moment nicht zum Spielen aufgelegt war.

Die Mädchen liefen in die Sattelkammer, wischten den Sand von den Sätteln und fetteten das Lederzeug.

Die Stimmung war gedrückt. Der Jäger ging ihnen nicht aus dem Kopf.

Wenig später steckte Annie den Kopf in die Sattelkammer und winkte die beiden zu sich.

„Teezeit.“ Sie stellte ein Tablett mit einem großen Stück Apfelkuchen und einer Tasse Tee ab.

„Bringt das doch bitte zu David, unserer neuen Krankenschwester. Er bleibt bei dem Rehkitz im Stall. Und dann kommt in die Küche! Da gibt's auch was für euch."

Leise schlichen Holly und Sarah zu Peppermints Stall und reichten David Kuchen und Tee über die Stalltür.

„Danke! Genau das ist es, was mir jetzt gefehlt hat!", flüsterte er. „Seht mal, das Rehlein schläft! Aber wir müssen es regelmäßig füttern. Auch nachts."

Ein Sonnenstrahl beleuchtete die winzigen weißen Punkte in dem rötlich braunen Fell. Das verletzte Bein hatte es unter sein Bäuchlein gezogen. Es sah so friedlich aus.

Die Mädchen seufzten vor Erleichterung. Dann huschten sie leise aus dem Stall und liefen in die Küche.

Annie legte gerade den Telefonhörer auf und warf Holly einen Blick zu.

„Das war deine Mutter", sagte sie.

„Und was hat sie gesagt?“, erkundigte sich Holly ungeduldig.

„Sie kommt gleich und sieht sich das Rehkitz an. Wenn der Stacheldraht rostig war, könnte sich die Wunde entzünden, meinte sie. Auf jeden Fall braucht das Tier eine Tetanusspritze.“

Sarah verzog das Gesicht. „Oh Mann, ich hasse Spritzen!“

„Aber manchmal müssen sie eben sein. Lasst uns nur hoffen, dass es wirklich eine Stacheldrahtwunde ist“, sagte Annie bekümmert. „Denn wenn das Tier gebissen worden ist, haben wir ein großes Problem.“

„Tollwut!“, schloss Holly daraus.

„Ja! Es könnte Tollwut haben.“ Annie nickte ernst.

„Aber genug geredet. Jetzt gibt es erst mal Tee und Apfelkuchen“, entschied sie für alle.

„Frische Luft macht wohl hungrig?“ Annie lachte die Mädchen an und schob Sarah und Holly das dritte Stück Kuchen auf den Teller. „Das letzte heben wir aber für deine Mutter auf!“

Holly und Sarah grinsten sie verstohlen an.

„Übrigens! Der Förster hat mir gleich die Telefonnummer des Revierjägers gegeben. Ein Holger Carvs. Er war nicht zu Hause. Dann hab ich ihn auf seinem Handy erreicht. Er ist noch im Urlaub. Ich hab ihm die ganze Geschichte erzählt.“

„Und war er nett?“, fragte Holly aufgeregt.

„Was hat er mit dem Bambi vor?“, platzte Sarah heraus.

„Sehr gesprächig war er nicht gerade“, meinte Annie. „Er hat sich alles angehört und nichts weiter dazu gesagt, nur dass er am Mittwoch vorbeikommen will.“

„Mittwoch?“ Holly zählte in Gedanken die Tage. „Hat er denn gesagt, wann? Ob morgens oder abends?“

„Nein, nur Mittwoch.“

„Sonntag, Montag, Dienstag, Mittwoch. Das macht gut drei Tage“, rechnete sich Holly schnell aus.

„Was spukt denn da in deinem Kopf herum, junge Dame?“, hakte Annie neugierig nach.

„Och gar nichts … nix Bestimmtes“, antwortete Holly mit unschuldigem Blick. „Hab nur gedacht, dass wir ja noch ein paar Tage Zeit haben.“

„Du willst doch nicht etwa das Reh vorher freilassen?“ Annie hob mahnend den Zeigefinger.

Holly grinste sie an. Um weiteren Fragen aus dem Weg zu gehen, stand sie auf und räumte den Tisch ab.

Sarah half ihr dabei. Eins-zwei-drei war die Küche wieder tipp-topp sauber.

„Wir sind bei den Ponys und sagen dir Bescheid, wenn Mam da ist“, versprach Holly.

Annie nickte ihr zu. „Ja, macht das.“

Peppermint trabte gleich zum Zaun, als er Holly und Sarah heranlaufen sah. Dabei wippte ein grünes Büschel in seinem Maul auf und ab.

„Was frisst er denn da?“, fragte Sarah neugierig.

„Na, riechst du das nicht schon von Weitem?

Pfefferminze natürlich. Ich hab dir doch erzählt, wie sehr er das Zeug liebt."

„Stimmt", erinnerte sich Sarah. „Daher ja auch sein Name. Aber wo hat er denn das gefunden? Doch nicht etwa in Annies Kräutergarten?"

Holly schwang sich auf den obersten Balken des Zauns und streichelte Peppermints Mähne.

„Pfefferminze wächst eigentlich überall. Ich hab auf der Weide einfach ein paar Samen verstreut. Jetzt hat Peppermint seinen eigenen Kräutervorrat."

„Und was ist mit den anderen Ponys?"

„Die fressen lieber Löwenzahn und Gras!", meinte Holly. „Na, dann gibt's wenigstens keinen Streit!"

Toby und die anderen Ponys trabten heran.

„Wie gut die sich hier alle verstehen." Sarah streichelte ihrem Pony über den Hals und seufzte glücklich. „Der Apfelblütenhof ist einfach der schönste Platz auf der ganzen Welt!"

Peppermint stieß Holly mit der Schnauze an und schnaubte zufrieden. Er schien ganz einer Meinung mit den Mädchen.

„Mam ist da!", rief Holly, als sie das Auto vorfahren hörte.

Sie gab Peppermint einen kleinen Klaps, kletterte vom Zaun herunter und sprintete mit Sarah im

Schlepptau zum Parkplatz. Peppermint wieherte ihnen laut hinterher und scharrte aufgeregt mit den Hufen.

Holly drehte sich noch einmal nach ihm um. „Was er bloß hat? Er ist doch sonst so gerne mit seinen Freunden auf der Weide!“ Ein eigenartiges Kribbeln machte sich in ihrem Bauch breit.

Der kleine Patient

Hollys Mutter nahm sie fest in den Arm. „Da bist du ja mal wieder mitten in einem neuen Abenteuer gelandet, Holly.“ Dann wandte sie sich lächelnd Sarah zu. „Hallo, Sarah. Schön, dich zu sehen. Kannst du Annie sagen, dass ich hier bin?“

Sarah nickte und lief los.

„Komm, ich zeig dir den Kleinen“, sagte Holly eifrig. Sie griff nach der Hand ihrer Mutter und wollte sie zur Scheune führen.

Hollys Mutter schüttelte den Kopf. „Ich muss erst noch meine Tasche aus dem Auto holen. Aber schieß los!“

Aus Holly sprudelte es nur so hervor. Sie erzählte vom Ausflug zum Strand und wie Peppermint das kleine Reh gefunden hatte.

„Peppermint ist wirklich ein schlaues Pony!“, sagte Hollys Mutter bewundernd. „Jetzt schauen wir uns den kleinen Patienten mal an.“

Vor dem Stall warteten schon Annie und Sarah.

„Hallo, Isabelle“, begrüßte Annie Hollys Mutter. „Lieb von dir, dass du so schnell gekommen bist.“ Die beiden umarmten sich herzlich.

„Richtig gut siehst du aus, Annie. Ich frag mich immer wieder, wie du das alles hier schaffst.“

„Na, wenigstens ist es nie langweilig, wie du siehst. Und das hält mich eben fit!“ Annie strahlte. Dann warf sie einen Blick auf ihre verschiedenfarbigen Socken, zog den Pullover zurecht und seufzte. „Auch wenn das eine oder andere ein bisschen zu kurz kommt.“

Hollys Mutter lachte.

Annie nahm sie am Arm und ging auf Zehenspitzen voraus in Peppermints Stall.

„David ist bei …“

Annie blieb überrascht stehen. Von David war weit und breit keine Spur zu sehen. Dafür stand

Peppermint vor dem Rehkitz und leckte ihm das Fell. Das kleine Reh sah vertrauensvoll zu dem Schecken hoch.

David kam in die Scheune und lachte.

„Bei so vielen Besuchern werde ich bald Eintritt verlangen müssen!“

„Was war denn los?“, wollte Annie wissen.

„Genau genommen hat mich Peppermint als Babysitter abgelöst“, erklärte er.

„Wie das?“, fragte Holly erstaunt.

„Er hat so lange gewiehert, bis ich ihn reingeholt habe. Stellt euch vor: Als ich zur Weide kam, wollte er sogar über den Zaun springen.“

Holly und Sarah kicherten.

„Peppermint wollte das Rehlein bestimmt nicht so lange allein lassen“, sagte Holly stolz.

„Was für ein geniales Pony!“, meinte Sarah.

„Einen richtigen Zoo habt ihr hier auf dem Apfelblütenhof!“ Hollys Mutter schüttelte fassungslos den Kopf. „Aber wie soll ich jetzt an das Rehkitz rankommen?“

Holly legte Peppermint das Halfter an und führte ihn vorsichtig aus der Stalltür heraus.

„Ich weiß ja, du machst dir Sorgen um deinen Freund. Aber Mam tut ihm nichts. Sie will nur helfen! Wir sehen uns das am besten von draußen an."

Hollys Mutter stellte die Tasche ins Stroh und kniete sich neben das fiepsende Rehkitz. Als es aufstehen wollte, legte sie ihre Hand auf seinen kleinen Körper und drückte es sanft ins Stroh.

„Es wird alles gut“, flüsterte sie und streichelte das ängstliche Tier. Sie warf einen Blick auf den Verband.

„Das hast du sehr gut gemacht, Annie“, lobte sie. „Aber ich werde ihn wieder abnehmen. Wenn es tatsächlich nur der Stacheldraht war – was ich hoffe –, dann muss die Wunde vielleicht noch genäht werden. Na, wir werden sehen!“

Annie kniete sich neben sie. Als Hollys Mutter den Verband abnahm, fing die Wunde wieder an zu bluten.

„Es sieht tatsächlich nach Stacheldraht aus. Kein Biss. Da bin ich aber erleichtert.“ Sie holte eine Spritze aus ihrer Tasche und zog mit der Nadel ein Serum auf. „Um die Spritze kommen wir nicht herum. Das muss sein.“ Sie sah Annie an. „Bringen wir das Schlimmste hinter uns. Halt ihn gut fest“, bat sie.

Annie gab sich alle Mühe, das zappelnde Tier festzuhalten. Mit einem schnellen Pikser spritzte Hollys Mutter dem Patienten das Medikament unter die Haut. Das Reh jaulte auf und versuchte sich zu befreien. Doch Annie war stärker.

Holly beobachtete jeden Handgriff mit großen Augen. Das Rehkitz tat ihr so leid. Es konnte ja nicht wissen, dass alles nur zu seinem Besten war.

Sarah drehte sich weg. Das wollte sie nicht mit ansehen.

Hollys Mutter rasierte vorsichtig die Wundränder und klebte sie dann mit Klammerpflastern zusammen. Der kleine Patient ließ alles über sich ergehen.

Die beiden Frauen sprachen noch ein paar beruhigende Worte und streichelten das Rehkitz.

„Die Wunde haben wir im Griff. Das Tier hat großes Glück gehabt!“, meinte Hollys Mutter.

Holly strich durch Peppermints Mähne.

„Allein hätte es nicht überlebt. Und so wie es aussieht, lag es schon fast zu lange ohne Futter!“, erklärte Hollys Mutter.

„Aber es sieht so ängstlich aus“, wisperte Holly.

Peppermint spürte ihr Mitgefühl. Er stupste sie

an der Schulter und blies in ihren rotblonden Zopf.

„Du willst wohl wieder zu deinem kleinen Freund zurück, Peppermint?“ Das Pony brummelte zustimmend. Holly umarmte den Schecken.

„Du bist so lieb!“, flüsterte sie ihm ins Ohr.

„Peppermint tut dem Kleinen gut, Holly! Lass ihn wieder zu ihm!“, sagte Annie und machte den Weg frei.

Langsam ging das Pony auf das Rehkitz zu und stupste es mit dem Maul an. Sein warmer Atem wirkte beruhigend auf das ängstliche Tier.

„Sieht so aus, als wäre Peppermint der geborene Krankenpfleger“, sagte Annie leise. „Ich denke, wir können die beiden beruhigt allein lassen.“

Holly und Sarah standen noch eine Weile an der Stalltür und beobachteten Peppermint.

„Ich fürchte, ich muss los!“, entschuldigte sich Hollys Mutter.

Annie sah sie überrascht an. „Hast du nicht mal Zeit für ein Stück Kuchen?“

„Nein, Annie. Die Praxis wird über die Pfingstfeiertage geschlossen. Da ist noch eine Menge zu erledigen."

„Na, dann lass dich nicht aufhalten! Ich bin froh, dass du gekommen bist."

„Was meinst du, Mam, wie lange dauert es, bis das Kleine gesund ist?", fragte Holly.

Ihre Mutter wiegte den Kopf. „Schwer zu sagen. Alles hängt davon ab, wie ruhig es gehalten werden kann. Auf keinen Fall darf es herumtoben, sonst könnte die Wunde wieder bluten."

„Ja, aber denkst du, dass es ihm schon in zwei oder drei Tagen besser geht, oder dauert das länger?"

„Zwei, drei Tage sind vielleicht noch ein bisschen früh. Ich denke eher eine knappe Woche. Dann wissen wir mehr."

„Wirklich eine ganze Woche?", hakte Holly besorgt nach.

„Ja. Warum fragst du denn?", wollte ihre Mutter wissen.

„Holly macht sich Gedanken wegen des Jägers. Der kommt schon am Mittwoch vorbei“, erklärte Sarah.

„Ach so. Der Jäger!“ Sie nickte. „Wolltet ihr das Rehkitz denn schon vorher freilassen?“

Holly biss sich auf die Lippen.

„Ich fürchte, das wird nicht möglich sein. Da draußen wäre es nur Futter für die Füchse“, sagte Hollys Mutter und strich den Mädchen über den Kopf. „Aber ihr solltet euch nicht gleich das Schlimmste ausmalen.“

„Der Jäger wird es bestimmt erschießen!“, jammerte Holly.

„Ach, Holly. Er ist sicher nicht so herzlos.“

Holly war nicht ganz überzeugt. Sie hatte alle Mühe, ihre Tränen zu unterdrücken und umarmte ihre Mutter.

„Tschüss, mein Schatz. Es wird alles gut. Lass dich überraschen, was der nächste Tag bringt.“

Das kommt davon

Der nächste Tag brachte tatsächlich etwas Neues – aber leider war es keine schöne Überraschung.

Holly ging es in der Nacht nicht gut. Ihr Mund war trocken, die Augen brannten. Sie hatte Kopfschmerzen und konnte nicht schlafen. Am Morgen fühlte sie sich schlapp und kraftlos.

Sarah schlich aus dem Zimmer und kam mit Annie zurück.

Sie legte Holly die Hand auf die Stirn.

„Mein Kopf tut so weh!“, jammerte Holly.

„Auf jeden Fall hast du Fieber.“ Annie sah Holly prüfend an. „Und dein Gesicht ist ganz rot! Du warst gestern wohl zu lange in der Sonne?“

Holly schloss die Augen und dachte nach.

„Ja, stimmt. Ich … ich hab lange auf dem Baumstamm gesessen und auf euch gewartet. Da hab ich die Sonne völlig vergessen."

„Das hast du jetzt davon. Ich tippe auf einen leichten Sonnenstich."

„Leicht?", fragte Holly ungläubig und verzog das Gesicht. Die Sonne schien durchs Fenster und sie hatte das Gefühl, ihr Kopf würde platzen.

Annie strich ihr liebevoll übers Haar. „Du bleibst heute mal schön im Bett. Wirst schon sehen, es geht dir dann bald besser."

„Wie lange dauert so was?", drängelte Holly.

„In zwei Tagen bist du wieder fit. Ich spreche gleich mit deiner Mutter. Bestimmt ist sie einverstanden, dass du hierbleiben darfst."

Holly stöhnte auf.

„Wie gut, dass du Sarah hast! Sie kann dir Gesellschaft leisten. Ich mach dir schon mal was zu trinken. Meine Spezialmischung! Das wird dir helfen!" Annie gab ihr einen Kuss und ließ die beiden Mädchen allein.

Holly verzog das Gesicht zu einer finsteren

Grimasse. „Das hat uns gerade noch gefehlt! So ein Ärger."

Sarah zog die Vorhänge zu. „Besser so?", fragte sie ihre Freundin.

„Ja, danke. Besser für meine Augen", antwortete Holly. „Das ist wirklich zu blöd! Da bin ich auf dem Apfelblütenhof und muss im Bett liegen!"

„Ich kann mir vorstellen, wie du dich jetzt fühlst", bedauerte Sarah sie und streichelte ihr über den Arm.

„Armer Peppermint. Er wird denken, dass ich ihn schon wieder allein lasse. Drück ihn von mir. Sag ihm, dass ich ganz schnell wiederkomme. Machst du das?"

„Ist doch klar!", versicherte Sarah.

„Sieh mal, wenn ich ganz still liege, tut der Kopf schon gar nicht mehr so weh."

Holly schlief erschöpft ein und Sarah schlich aus dem Zimmer. Sie half Annie bei der Betreuung der Reitkinder, die in den Ferien auf den Hof kamen, und putzte die Ponys.

Dann sah sie nach Holly.

„Wie geht es dem Rehkitz?“, empfing Holly sie mit leiser Stimme.

„Oh! Dem geht es schon viel besser!“, berichtete Sarah freudig.

„Frisst es denn?“, wollte Holly wissen.

„Ja, David hat Milch vom Schäfer geholt. Er füttert es sogar nachts. Es sieht alles ganz gut aus!“, erzählte Sarah.

„Und was ist mit Peppermint?“

„Er ist noch bei dem Reh. Toby war schon ganz sauer, als ich ihn ohne Peppermint auf die Weide gebracht habe.“

„Zu doof, dass ich hier rumliegen muss“, jammerte Holly. „Wir müssen einen Plan schmieden. Der Jäger darf das Reh nicht kriegen!“

Annie kam mit einem Tablett ins Krankenzimmer. Sie stellte einen steinernen Krug mit zwei Bechern auf den Nachttisch und außerdem einen Teller mit Weißbrot.

„Hier, Holly, trink das! Dazu isst du das Brot am

besten in kleinen Stücken. Und gut kauen!" Sie warf einen Blick zu Sarah. „Wie lieb, dass du Holly ein bisschen Gesellschaft leistest."

Annie goss eine goldfarbene Flüssigkeit in Hollys Becher, gab Holly noch ein Küsschen auf die Stirn und verschwand wieder.

Sarah half Holly, sich langsam aufzusetzen, und stopfte ihr ein Kissen in den Rücken.

„Jetzt musst du erst mal jede Menge Medizin trinken", sagte sie grinsend.

„Jawohl, Schwester Sarah“, antwortete Holly, verzog das Gesicht und nahm den ersten Schluck.

Zu ihrer Überraschung war die Medizin gar nicht übel. Sie schmeckte nach Holunderblüten mit Äpfeln, Zimt und Honig und duftete nach fast jedem Gewürz aus Annies Kräutergarten.

„Das ist ja himmlisch“, seufzte Holly zufrieden und trank den Becher leer. „Die beste Medizin, die ich in meinem ganzen Leben geschluckt habe.“

„Willst du noch mehr?“, fragte Sarah.

„Oh ja, bitte. Ich hab das Gefühl, sie wirkt schon.“

„Ich probier auch mal davon!“ Sarah goss erst Holly, dann sich den Becher voll. „Unglaublich“, sagte sie nach dem ersten Schluck. „Das schmeckt ja wie der Apfelblütenhof in der Flasche. Einfach ein Traum.“

„Da hast du Recht“, stimmte Holly zu.

Sie stellte den Becher ab, kuschelte sich in ihr Kissen und schloss die Augen.

„Ja, wie ein Traum von wilden Rosen, süßen

Pflaumen und Apfelkuchen, von frisch gemähtem Gras … und von Peppermint …“, murmelte sie, gähnte und schlief wieder ein.

Fit wie ein Turnschuh

Am nächsten Morgen öffnete Holly die Augen und wackelte mit dem Kopf hin und her. Die Schmerzen waren weg.

Sie fühlte sich pudelwohl.

„Hurra!“, rief sie. „Sarah, fühl mal meine Stirn! Das Fieber ist wie weggeblasen.“

„Hmm, wie spät isses denn?“, nuschelte Sarah verschlafen und blinzelte mit müden Augen auf den Wecker.

„Zeit aufzustehen!“ Holly schlug die Decke zur Seite.

„Aber es ist noch nicht mal sechs Uhr“, protestierte Sarah.

„Du kannst ja noch ein bisschen schlafen“, meinte Holly. „Ich stehe auf.“

Sie zog sich an. Ihr Magen knurrte. Sie schnupperte. Es roch nach frischen Brötchen.

Holly rannte in die Küche.

„Ich bin am Verhungern“, stöhnte sie theatralisch. „Ich könnte heute alle Brötchen ganz allein verputzen.“

„Nanu, heute schon so früh auf den Beinen, Sarah?“, wunderte sich Annie. Als sie sich umdrehte, sah sie, wer da in ihrer Küche stand. Sie runzelte verwirrt die Stirn, stellte das Backblech ab und ging auf Holly zu.

„Was machst du denn hier? Du bist doch krank! Ich glaube nicht, dass das eine gute Idee ist.“

Holly verzog das Gesicht. „Aber mir geht’s gut“, protestierte sie. Sie nahm Annies Hand und legte sie sich auf die Stirn. „Siehst du, ich hab kein Fieber mehr. Ich bin wieder total gesund! Deine Medizin ist ein wahrer Zaubertrank. Den solltest du als ‚Annies Allheilmittel‘ verkaufen. Das wird bestimmt ein Renner!“

Annie legte den Kopf schief. „Na, das freut mich

aber, dass es dir so schnell wieder gut geht. Aber setz einen Hut auf, bevor du rausgehst! Die Sonne ist gefährlicher, als man denkt."

Annie ging zur Küchentür und nahm ihren alten, ausgefransten Strohhut vom Haken.

„Den trägst du heute. Aber zuerst gibt's Frühstück. Das macht dich wieder fit!"

Holly grinste. „Auf dem Apfelblütenhof macht sogar das Kranksein Spaß!"

„Das mag wohl sein", schmunzelte Annie. „Aber mir ist es doch lieber, du bist gesund."

Annie briet Spiegeleier mit Speck und Holly deckte den Tisch für alle.

„Wir frühstücken schon mal. David schläft heute ein bisschen länger", meinte Annie.

Holly setzte sich und langte tüchtig zu. Sie strich dick Honig auf das warme Brötchen und trank noch drei Becher von dem Zaubersaft.

Obwohl es so früh war, setzte sie gehorsam den alten Strohhut auf und lief zur Scheune. Glücklich sog sie die frische Morgenluft ein.

Es kam ihr vor, als wäre sie tagelang eingesperrt gewesen. Die Hunde schliefen noch in ihrer Hütte. Rudi, das Hängebauchschwein, suhlte sich im Schlamm.

Kater Charly sprang ihr entgegen und maunzte. Er wollte gestreichelt werden.

„Na, du Kater. Hast du mal wieder die Mäuse geärgert?“ Sie strich über sein weiches Fell. „Komm mit, wir gehen zum Stall.“ Charly schnurrte, stellte den Schwanz wie einen Regenschirmgriff auf und lief neugierig neben Holly her.

Das schwere Haupttor war noch verschlossen. Holly öffnete den Riegel der kleinen Seitentür und schlich sich in den Stall. Die Ponys im Offenstall lagen im Stroh und schliefen. Speedy schnarchte leise. Holly schlich sich an Toby vorbei zu Peppermints Stall.

Sie konnte nicht glauben, was sie sah: Da lag Peppermint auf der Seite und schlief. Das Reh hatte sich zwischen seine Beine gekuschelt und Meggys Kopf lag quer über Peppermint Hals.

Die kleine Ziege zuckte im Schlaf, als würde sie träumen. Durch die Ritzen der Holzplanken betrachtete die Gans Lola die Schlafenden mit ihren schwarzen Knopfaugen und zischte leise. Der Hahn Napoleon stakste majestätisch auf einem Heuballen hin und her. Er plusterte sich auf und setzte an loszukrähen.

„Ki…kikiri…"

„Pssst, pssst!", unterbrach ihn Holly und fuchtelte mit den Armen. „Weck sie nur nicht auf! Sieh doch, wie friedlich alle noch schlafen."

Beleidigt hopste Napoleon davon.

Doch es war zu spät. Meggy riss den Kopf hoch, Peppermint sprang auf und schüttelte sich. Auch das Rehkitz schreckte auf.

„Guten Morgen, mein Peppermint", begrüßte ihn Holly. „Ausgeschlafen?"

Peppermint blies ihr seinen warmen Atem ins Gesicht. Hollys Körper kribbelte vor Freude.

„Oh, Peppermint. Es tut mir so leid, dass ich gestern nicht da war. Aber ich hab gehört, wie gut du dich um das kleine Reh gekümmert hast. Ich bin sehr stolz auf dich."

Peppermint neigte den Kopf.

Das Rehkitz sah Holly mit großen Augen an und fiepte.

„Du hast bestimmt schon wieder Hunger?", fragte sie. „Ich wette, ja."

Die schwere Scheunentür öffnete sich quietschend. „Und hier kommt auch schon das Frühstück", meldete sich David mit einer frisch gefüllten Flasche.

„Ich mach das schon!", sagte Holly und griff danach.

„Danke! Ich bringe in der Zwischenzeit Peppermint mit den anderen auf die Weide. Dann können sie sich schon mal austoben, bevor die Reitkinder kommen", bot er an.

„Wird ihn das Kleine nicht vermissen?", fragte Holly ängstlich.

„Ich denke nicht. Es muss auch langsam lernen, allein zu sein."

Holly nickte. Bestimmt wollte Peppermint auch gern bei den anderen Ponys auf der Weide sein.

Sie setzte sich im Schneidersitz ins Stroh und hob das Kitz an. Mit kleinen Schlucken saugte es das Fläschchen mit der gewärmten Schafsmilch leer.

Holly massierte ihm das Bäuchlein und strich ihm vorsichtig über die Seiten. Das kleine Tier

versuchte alleine aufzustehen. Einen Augenblick lang fand es das Gleichgewicht. Dann schwankte es hin und her und ließ sich wieder satt und müde ins Stroh fallen.

Annie und Sarah kamen dazu.

„Habt ihr das gesehn? Es will schon aufstehn!"

Sarah juchzte. „Das kleine Bambi ist so niedlich!"

„Aber es braucht Ruhe. Die Wunde muss erst noch richtig verheilen", warnte Annie.

Holly nickte.

„Vergesst nicht, es ist ein wildes Tier! Es gehört uns nicht. Der Jäger wird entscheiden, was mit ihm geschehen soll. Er hat das letzte Wort."

Der Jäger kommt

Dem kleinen Reh ging es von Tag zu Tag besser, und so konnten Holly und Sarah mit ihren Ponys die Ferien auf dem Apfelblütenhof genießen. Nur was der Jäger über das Reh entscheiden würde, machte den Mädchen immer noch große Sorgen.

Alles musste einfach gut werden. Und dafür wollte Holly auch etwas tun.

Am Mittwochmorgen stupste sie Sarah wach. „Komm! Wir wollen es noch einmal probieren!"

„Was willst du probieren?" Sarah streckte sich verschlafen und gähnte.

Holly war fest entschlossen. „Wir reiten zur Zaubereiche. Zu dem alten Baum, der uns schon einmal einen Wunsch erfüllt hat!"

Auf der großen Wiese hinter dem Stall gab es

einen zweihundert Jahre alten Baum, der Zauberkräfte besaß. Das sagte zumindest Annie. Und wenn man sich etwas wünschte und fest daran glaubte, dann ging der Wunsch in Erfüllung.

Nach einem ausgiebigen Frühstück brachten die Mädchen Prinz und Flocke auf die Weide. Sie putzten Sternchen und Speedy, denn es hatten sich Reitkinder angemeldet. Sie halfen Annie und David noch beim Ausmisten der Ställe, dann sattelten sie Peppermint und Toby.

Bei strahlendem Sonnenschein ritten sie an der Ponyweide vorbei und über die große Wiese zur alten Eiche. Dort setzten sie sich auf die dicken Wurzeln des alten Baumes. Sie hielten die Zügel in der Hand und ließen ihre Ponys grasen.

„Jetzt geht's los! Jetzt wünschen wir uns was!" Holly und Sarah kniffen die Augen fest zusammen und lehnten den Kopf an die knorrige Rinde des Eichenstamms. Sie kreuzten die Finger, rieben an ihren Freundschaftsbändchen und murmelten leise ihren Wunsch. Dann schwiegen sie für eine

Weile und träumten vor sich hin. Toby schnaubte zufrieden, Peppermint scharrte aufgeregt mit dem Huf.

„Und jetzt müssen wir nur noch ganz fest daran glauben!“ Holly sprang auf und umarmte Sarah. Dann flüsterte sie Peppermint leise ins Ohr: „Stimmt’s, du hast dir das auch gewünscht?“ Peppermint brummelte leise.

Die Mädchen schwangen sich wieder auf ihre Ponys und ritten einfach drauflos. Sie spürten den frischen Wind im Gesicht und rochen die warme Frühsommerluft. Holly sang laut:

Über Wiesen über Felder
Auf deinem Rücken wie Wolken im Wind.
Keiner weiß, was mir das bedeutet,
Wie glücklich wir alle jetzt sind …

Als sie gegen Mittag wieder auf dem Apfelblütenhof ankamen, duschten sie Peppermint und Toby mit dem Gartenschlauch ab und stellten die Ponys auf die Weide. Sie liefen mit ihren Sätteln und Trensen zur Scheune.

Auf dem Parkplatz stand ein grüner Jeep.

„Oh nein“, rief Holly. „Der Jäger ist schon da.“

Leise schlichen sie sich zum Stall. Sie konnten Annies Stimme hören.

„Pssst!“, sagte Holly. „Die sind da drin!“

Vorsichtig schielten die Mädchen um die Ecke.

Neben Annie stand David und neben ihm – der Jäger. Er trug eine Lodenjacke und einen Hut mit einem eigenartigen Pinsel.

„So wie es aussieht, muss das Reh nicht getötet werden. Es könnte durchkommen."

Holly hielt die Luft an. David, der die beiden Mädchen sah, warf ihnen einen warnenden Blick zu. Doch da war es schon zu spät. Der Jäger hatte sie bemerkt und drehte sich zu ihnen um.

„Aha, ihr wart das. Ihr habt also das Tier aufgespürt!", sagte er und wiegte den Kopf. „Nur damit ihr es wisst: Ein Reh ist ein Wildtier und nichts für euren Streichelzoo. Sobald es einigermaßen bei Kräften ist, wird es wieder freigelassen. Es gehört in den Wald. In meinen Wald, um es genau zu sagen."

Er wandte sich wieder zu Annie und schlug einen geschäftlichen Ton an.

„Ich schätze, dass es zum Anfang der Jagdsaison ein Reh weniger gegeben hätte, wenn Sie nicht da gewesen wären. Selbstverständlich komme ich für die Kosten auf und natürlich auch für die Tierarztrechnung."

Annie schluckte trocken. Holly und Sarah sahen sich fassungslos an.

„Und eines möchte ich noch deutlich sagen!" Er hob den Zeigefinger und blickte die Mädchen warnend an. „Von nun an fasst kein Mensch mehr dieses Tier an! Kein Mensch!", betonte er. „Das ist ein Wildtier. Es darf sich nicht an Menschen gewöhnen. Verstanden?"

Annie zog sich am Ohrläppchen und dachte nach.

„Aber seine Wunde muss doch behandelt werden. Gefüttert werden muss es auch", protestierte sie. „Und wie sollen wir den Verband abwickeln, wenn wir es nicht anfassen dürfen? Man kann es doch nicht eingewickelt freilassen."

„Der Verband fällt mit der Zeit schon von selbst ab", zerstreute der Jäger Annies Bedenken. „Wenn das Kitz die nächsten Tage überlebt, lassen Sie es bitte wieder frei."

Er bemühte sich, ein freundliches Gesicht zu machen. Doch sein Blick sagte alles: Er dachte an die nächste Jagdsaison. Das war Holly sonnenklar.

Annie nickte. „Selbstverständlich! Wir haben verstanden. Kein Mensch wird das Tier mehr anfassen – außer im Notfall natürlich."

„Was meinen Sie mit Notfall?", warf der Jäger ein.

„Na, ich meine, wenn sich das arme Tier im Verband verheddert. Da muss ihm doch jemand helfen?"

„Na, da ist ja wohl klar. Wie soll es denn laufen, wenn ihm die Füße gebunden sind?" Er warf Annie einen verständnislosen Blick zu. „Also, lange Rede, kurzer Sinn: Nächste Woche komme ich vorbei. Dann sollte das Thema vom Tisch sein!"

Holly und Sarah platzten fast vor Wut. Sie konnten den Mann nicht ausstehen. Aber sie waren auch schwer enttäuscht von Annie. Wie konnte sie so einfach allem zustimmen?

Hollys Augen brannten. Sie nahm Sarah bei der Hand. Gemeinsam liefen sie zur Weide.

Peppermint wieherte, als hätte er die Enttäuschung der Mädchen schon von Weitem gespürt. Er trabte mit Toby zum Gatter. Holly kletterte über den Zaun und rannte Peppermint die letzten Schritte entgegen. Sie schlang die Arme um seinen Hals und Sarah lehnte ihren Kopf an Toby.

„Oh, Peppermint, was für ein furchtbarer Mensch!“, schluchzte Holly. „Der ist so kalt wie ein Eisschrank.“

Peppermint hielt still und schmiegte sich an sie. Langsam beruhigte sie sich wieder.

Sie ging einen Schritt zurück und sah ihm in die Augen. „Machst du dir gar keine Sorgen?“, fragte sie ihn.

Peppermint schüttelte den Kopf und wieherte. Es sah aus wie ein Nein. Holly schöpfte neue Hoffnung. Wenn Peppermint so ruhig blieb, würde vielleicht alles gut werden. Sie hatten es sich doch so sehr gewünscht!

„Du hast vollkommen Recht“, sagte sie entschlossen. „Wir werden uns schon was ausdenken. Wenn es sein muss, verstecken wir den Kleinen irgendwo. Wir retten ihn vor dem Jäger.“

Sie war so vertieft in ihre Gedanken, dass sie Annie gar nicht näher kommen hörte.

„Ich fürchte, ihr werdet nichts dergleichen tun“, sagte sie leise.

Holly fuhr herum.

„Aber wie … wie kannst du diesem schrecklichen Mann nur zustimmen?“

Annie schenkte ihr ein rätselhaftes Lächeln.

„Lasst euch mal überraschen. Ich glaube, er hat sich da selbst in was reingeredet mit seinen komischen Anweisungen!“

„Aber wie? Wie soll das gehen?“ Holly war verzweifelt. „Keiner darf sich dem Tier nähern und dann … dann … sobald es ihm wieder besser geht, sollen wir es laufen lassen. Am besten stellen wir es ihm doch gleich vors Gewehr.“

Annie grinste verschmitzt.

„So wie ich den Jäger verstanden habe, hat er nur den Kontakt mit Menschen verboten. Aber nicht …“ Sie holte tief Luft. „… aber nicht den Kontakt mit anderen Tieren. Ich hab da so eine Idee.“

Holly verstand nicht ganz. Na ja, Peppermint kann sich natürlich um das Rehlein kümmern, dachte sie. Doch wie sollte es gefüttert werden? Dass Peppermint weiterhin Babysitter sein durfte, beruhigte sie aber sehr.

„Peppermint“, sagte sie eindringlich und drehte sich zu dem kleinen Schecken um. „Du musst ganz lieb zu dem Reh sein! Vielleicht können wir es dann trotzdem retten.“

Eine geniale Idee

An diesem Abend dauerte es lange, bis die Mädchen endlich einschlafen konnten. Bis tief in die Nacht redeten sie, rätselten und machten sich Sorgen, ob das Rehkitz überleben würde, wenn kein Mensch es anfassen durfte.

Am nächsten Morgen stiegen die beiden Mädchen mit schweren Beinen und müden Köpfen aus den Betten.

Sarah zog die geblümte Gardine auf und warf einen Blick aus dem Fenster.

„Das passt ja! So ein Ekelwetter!“

Es regnete in Strömen. Das Wasser floss in einem braunen Rinnsal über den gepflasterten Hof. Billi und Bo hatten sich in ihre Hütte verzogen. Der Gans Lola dagegen schien das Wetter nichts auszumachen. Laut schnatternd watschelte sie mit ihren Küken zum Teich.

„Mist!", knurrte Holly vor sich hin. „Aber was soll's. Es gibt kein schlechtes Wetter. Es gibt nur schlechte Kleidung, sagt Annie immer." Sie zogen sich an und liefen in die Küche.

Annie war fröhlich wie immer und zwitscherte vor sich hin. „Guten Morgen, Mädchen! Heute hab ich eine Überraschung für euch!", meinte sie. Sie schob die Brille etwas höher auf die Nase.

„Wird das Wetter besser?", wollte Holly wissen.

„Falsch. Ganz falsch!" Annie strahlte. „Ich weiß gar nicht, warum ich nicht längst darauf gekommen bin. Warum den Krug zum Brunnen tragen? Es geht auch andersrum!" Sie kicherte verheißungsvoll.

Doch keines der beiden Mädchen verstand, was sie meinte.

„Na, ich hab mich heute Nacht in meinem Bett gewälzt und gewälzt …"

„Mach's doch nicht so spannend, Annie! Was

hat denn das Wälzen gebracht?“ Holly platzte fast vor Neugierde.

Da steckte David seinen Kopf in die Küche.

„Es hat geklappt. Es hat geklappt! Ihr könnt euch alle Hoffnung machen. Wir kriegen den Kleinen durch. Jetzt bin ich mir ganz sicher.“

Er setzte seine nasse Baseballkappe ab und verschlang ein Brötchen im Stehen.

„Aber wie sollen wir uns freuen, wenn wir keinen Schimmer haben, wovon ihr überhaupt sprecht?“, wollte Sarah wissen. Die Gesichter der Mädchen waren ein einziges Fragezeichen.

„Jetzt sag doch endlich, was los ist, Annie!“, quengelten sie.

Aber Annie lächelte nur. „Lasst euch überraschen. Wir haben im Stall ein bisschen umgebaut. Geht schon mal los.“

Aufgeregt zogen Holly und Sarah ihre Regenjacken an und liefen über den Hof zur Scheune. Napoleon stakste über den Misthaufen und gab einen krächzenden Laut von sich. Spatzen badeten mit lautem Piepsen in den Pfützen. Der Regen ließ nicht nach. Es war der richtige Tag zum Malen, Lesen, Faulenzen und mit den Ponys schmusen.

Als ihnen Meggy entgegenlief, strich Holly ihr über das nasse, borstige Fell.

„Komm schnell mit ins Trockene!“, ermunterte sie die Ziege. „Was machst du überhaupt hier draußen bei dem Wetter?“

Meggy meckerte nur und trippelte hinter den Mädchen her.

Annie kam ihnen mit David nach und beide halfen den Mädchen, das schwere Scheunentor aufzuschieben.

Als Holly und Sarah die Ponys begrüßen wollten, fanden sie zu ihrer Überraschung Peppermint und Toby im selben Stall. Die Ponys beknabberten sich gegenseitig die Mähnen.

In Peppermints Stall aber bot sich ihnen ein ganz neues Bild. Der kleine Rehbock stand fest auf allen vier Beinen neben einem dicken, zotteligen Schaf und saugte aus dessen Euter.

Holly sah David und Annie an.

„Das ist ja unglaublich. Wo habt ihr denn das wuschelige Schaf her?“ Sie zog die Stirn kraus.

David grinste über das ganze Gesicht.

„Na, wir wollten keinen Ärger mit dem Jäger. Aber wir können den kleinen Rehbock auch nicht im Stich lassen. Da mussten wir uns ja was einfallen lassen“, erklärte Annie. „Und weil der Schäfer immer wieder die frische Milch vom Mutterschaf abpumpen musste, dachte ich eben … na, ich dachte, wir holen das Schaf einfach her. Das Schaf hat sein Junges verloren. Jetzt kann es sich um das Rehkitz kümmern.“

„Ach, das hast also du mit dem Krug und dem Brunnen gemeint!“ Die Mädchen konnten es nicht glauben.

„Ihr beide seid einfach genial“, platzte Holly heraus.

„Seht doch nur!“, rief David begeistert. „Als wär’s das Natürlichste auf der Welt. Ist das zu glauben?“

Das Mutterschaf blickte um sich und blökte. Fast so, als würde es fragen: „Was wollt ihr denn hier alle? Lasst uns doch einfach in Ruhe!“

Das kräftige Muttertier stammte aus einer Herde von Schwarzkopfschafen. Annie hatte dem Schäfer erlaubt, seine Tiere auf ihrem Land weiden zu lassen. Im Frühling und Sommer grasten sie sogar zwischen den Obstbäumen und Annie musste nicht mähen. Als Dank für ihr Entgegenkommen bekam sie vom Schäfer immer wieder frischen Schafskäse und Wolle.

„So wäscht eine Hand die andere!“, meinte sie. Und wenn sie manchmal bei der Obsternte auf einem Schafskötel ausrutschte, machte sie sich nicht viel daraus.

„Mit links bringt's Glück“, sagte sie dann immer nur und lachte.

Als der kleine Rehbock genug getrunken hatte, ließ er sich erschöpft ins Stroh fallen und schlief fest ein. Das Schaf legte sich neben den Kleinen. Sicher fühlte es sich im Stall wohler als bei Regen auf der Weide.

Eine große Überraschung

Es wurden wunderschöne Ferientage. Alle hielten sich streng an die Anordnung des Jägers und dem Reh ging es prächtig. Sie fütterten das Schaf, füllten den Wassereimer auf, misteten den Stall aus und streuten ihn regelmäßig mit frischem Stroh ein. Das Rehkitz war so zutraulich geworden, dass es jeder hätte streicheln können. Es hopste quietschvergnügt im Stall um das Schaf herum und freute sich über jeden Besuch. Aber keiner fasste es mehr an.

Holly und Sarah hatten in einem Buch gelesen, dass junge Rehe Blätter von Büschen und Sträuchern fressen. So fanden sie heraus, welche Pflanzen für den heranwachsenden Rehbock gut waren. Bei Spaziergängen mit den Hunden sammelten sie

Himbeer- und Brombeerblätter, Spitzwegerich, Löwenzahn, Blätter von Heckenrosen und Sonnenblumen. Das kleine Reh naschte von allem etwas und es schien ihm zu schmecken.

Und dann kam Annie eines Tages mit ernster Miene zu den Mädchen.

„Heute werden wir den Kleinen in die Freiheit schicken!“

Die Mädchen sahen sie überrascht an.

„Aber … aber er ist doch noch nicht kräftig genug!“, sagte Holly erschrocken.

„Wie soll er denn ohne das Schaf überleben? Und ohne unsere Brombeerblätter und ohne Peppermint?“, sprudelte es aus Sarah heraus.

„Er wird im Wald genug Futter finden. Wilde Tiere haben einen Instinkt dafür.“

Holly sah Annie prüfend an. Irgendwas war doch faul. So herzlos konnte Annie gar nicht sein. Das passte nicht zu ihr.

„Also – keine Widerrede. Es ist so weit!“, rief Annie.

Sie ging voraus zur Scheune. Die Mädchen folgten ihr und kämpften gegen die Tränen an.

„Hättest du das von Annie gedacht?“, flüsterte Sarah.

Holly schwieg.

Als David die Stalltür öffnete, blökte das Schaf laut. Das Rehkitz sah ihn vertrauensvoll an. Es trippelte unbeholfen an ihm vorbei. Dann aber trieb es die Neugierde weiter.

David machte einen Schritt zur Seite. „Nun lauf! Raus mit dir!“

Das Rehkitz stand in der Scheunentür, blickte sich noch einmal nach dem Schaf um und fiepte leise. Dann spazierte es ganz selbstverständlich los. Aber es lief nicht etwa in den Wald, es lief schnurstracks auf die Ponyweide zu.

David, Annie und die beiden Mädchen folgten verwundert.

David schüttelte verständnislos den Kopf.

„Aber doch nicht dahin, Kleiner. Du bist frei. Lauf zum Wald! Das ist deine Chance!“ Auch sein ermutigender Pfiff brachte das Kitz nicht von seinem Weg ab. Es hatte nur ein Ziel vor Augen und das war die Weide. Vor dem Zaun blieb es stehen und hopste aufgeregt nach rechts und nach links.

Blökend hoppelte das Schaf hinterher. Peppermint lief ihnen wiehernd entgegen und streckte den Kopf über den Holzzaun.

„Das müsste man fotografieren!“, meinte Annie.

„Schätze, er will gar nicht mehr weg von uns“, sagte David. „Und ein Schaf hätten wir dann ja wohl auch noch in der Familie!“

Annie nickte. „Sieht fast so aus.“ Sie öffnete das Gatter. Das Rehkitz quetschte sich an ihr vorbei und lief direkt auf Peppermint zu. Zufrieden schmiegte es sich an ihn. Dann graste es mit den Ponys und dem Schaf auf der Weide.

Annie strahlte über das ganze Gesicht. „Na, ihr alle seid Zeugen. Das Reh will hier nicht weg. Tja, und da wir das Tier nicht anfassen dürfen, können wir es auch nicht in den Wald tragen. Schließlich wollen wir uns ja an die Regeln des Jägers halten.“

„Du hast es gewusst! Du hast es von Anfang an gewusst, Annie.“ Holly atmete auf und grinste. „Du hast gewusst, dass es nicht weglaufen würde.“

„Du bist ja eine!“, lachte Sarah. „Ganz schön schlau.“

David lachte.

„Der Kleine wär ja auch ganz schön blöd, wenn er weglaufen würde. Besser als hier kann es ihm doch gar nicht gehen. Findet ihr nicht?“

Holly und Sarah tanzten vor Freude und fielen sich in die Arme.

Aber ihre Freude wurde schlagartig gedämpft.

„Das darf doch nicht wahr sein“, rief Holly. „Seht mal, wer da kommt!“

Ein grüner Jeep fuhr vor und der Jäger stieg aus. Mit zielstrebigen Schritten lief er über den Hof auf die überraschte Gruppe zu.

Als er das Reh zwischen den Ponys erblickte, verfinsterte sich sein Gesicht. Die Begrüßung fiel kurz und kalt aus.

„Tag, miteinander! So hatte ich mir das eigentlich nicht vorgestellt!“, sagte er barsch. „Hatten wir nicht etwas ganz anderes vereinbart?“

Zu früh gefreut!, dachte Holly und griff ängstlich nach Sarahs Hand.

Doch Annie ließ sich nicht verunsichern. „Aber, Herr Carvs, wir haben uns ganz strikt an Ihre

Anweisungen gehalten. Was können wir denn dafür, wenn das kleine Reh nicht in die Freiheit will?"

„Wir haben wirklich alles versucht. Es wollte nicht in den Wald zurück. Es wollte lieber hierbleiben!", beteuerte Sarah und sah ihn mit großen Augen an.

„Ja, hier bei Peppermint. Die beiden haben sich so ins Herz geschlossen. Wenn Sie nur wüssten!" Dabei setzte Holly ihr süßestes Lächeln auf und hoffte damit, den aufgebrachten Mann zu besänftigen.

Der Jäger stöhnte und warf Annie einen Blick zu. „Was soll ich nur dazu sagen!"

„Gar nichts, am besten einfach gar nichts!", meinte Annie.

„Kommen Sie doch mit uns ins Haus. Man kann doch über alles reden. Und übrigens – ich hab gerade einen Apfelkuchen gebacken. Sie werden ihn mögen."

„Den besten von der ganzen Welt!", rief Holly.

Annie hakte sich bei dem völlig verdutzten Mann ein und zog ihn in Richtung Haus. Leise knurrend ließ er Annies Führung über sich ergehen.

In Annies gemütlicher Küche lockerte sich die Stimmung allmählich auf. Annie schenkte allen Tee ein und der Jäger erzählte von seiner mühsamen Arbeit im Revier. Dabei aß er drei Stück Kuchen. Mit jedem Bissen wurde er etwas freundlicher.

Nach dem letzten Stück Kuchen legte er mit einem zufriedenen Seufzer die Gabel auf den Teller.

„Das Rezept muss ich einfach haben!“, sagte er. „Das ist wirklich der beste Apfelkuchen der Welt!“ Jetzt lachte er sogar über das ganze Gesicht.

„Tja, das ist aber mein Geheimrezept!“, schmunzelte Annie. Sie zwinkerte Holly zu.

„Ich hätte da aber einen Vorschlag …“

Holly stieß Sarah unter dem Tisch an und drückte fest beide Daumen.

„Wenn das kleine Reh auf dem Apfelblütenhof

bleiben darf, bekommen Sie das Rezept für meinen Apfelkuchen."

Der Jäger zögerte keine Sekunde. „Abgemacht!", rief er.

Die ganze Geschichte konnte einfach kein besseres Ende nehmen.

Zum Abschied klopfte der Jäger Holly und Sarah freundschaftlich auf die Schulter. „Nun habt ihr also doch erreicht, was ihr wolltet. Einen mehr in eurem Streichelzoo!"

Mit einem Grinsen gab er allen die Hand und zog die Tür hinter sich zu.

Die Taufe

Das Aufatmen in der Küche war nicht zu überhören. Aber damit war die Geschichte noch nicht ganz zu Ende.

Während Annie den Tisch abräumte, bemerkte sie: „Der kleine Rehbock hat ja noch gar keinen Namen. Wie wollen wir ihn nennen?“

Sarah und Holly sahen sich überrascht an.

„Stimmt. Darüber haben wir noch gar nicht nachgedacht!“, sagte Holly verblüfft.

Annie holte drei Blatt Papier und Stifte aus der Schublade und setzte sich wieder zu den Mädchen. „Schreiben wir doch einfach mal auf, was uns so alles einfällt.“

Es wurde still im Raum. Dann las jede ihre Namensliste vor.

„Wir können ihn auf keinen Fall Julius nennen“, meinte Sarah.

„Aber findest du etwa Emil oder Jupiter besser?“, kicherte Holly. Es wurde so viel gelacht, dass die Tassen auf dem Tisch schepperten.

Schließlich waren sich alle einig: „Oskar soll er heißen!“

Nachdem das letzte Stück Kuchen aufgegessen war, stießen sie mit Annies Holunderbeersaft auf Oskar an. Dann wurde es still in der Küche.

„Wir müssen wohl langsam ans Packen denken“, sagte Sarah und warf Holly einen traurigen Blick zu. „Aber irgendwie ist der Abschied diesmal nur halb so schlimm“, fügte sie hinzu. „Wir müssen zwar nach Hause. Aber Oskar darf bleiben.“

Später saßen die beiden Mädchen noch lange auf dem Weidezaun und beobachteten die Ponys, das Schaf und den kleinen Oskar.

„Vielleicht hat die Zaubereiche uns wieder einmal einen Wunsch erfüllt“, sagte Holly verträumt.

Sarah nickte. „Ganz bestimmt!“

Holly wuschelte Peppermint durch die zottelige Mähne. „Und du hast das kleine Reh mit deiner Liebe gerettet!“, flüsterte sie dem Schecken ins Ohr. Sie lehnte ihren Kopf an seinen und atmete tief seinen vertrauten Duft ein. „Das kleine Reh wollte gar nicht mehr weg von dir. Es wollte für immer hierbleiben – auf dem Apfelblütenhof, dem schönsten Ort auf der ganzen Welt.“

Wenn du ein Rehkitz findest …

… dann liegt auch meist die Ricke – so nennt man die Rehmutter – ganz in der Nähe. Ricke und Rehkitz rufen sich gegenseitig und finden sich so immer wieder. Schau es dir ganz vorsichtig an, aber fasse es nicht an! Noch besser beobachtest du es mit einem Fernglas. So siehst du dann auch, ob die Mutter zum Säugen kommt. Stelle dich dabei gegen den Wind, damit das Rehkitz deinen Geruch nicht aufnimmt. Solange Menschen oder Hunde in seiner Nähe sind, wird die Rehmutter ihr Junges nicht säugen. Sie hätte zu viel Angst, seinen Platz zu verraten.

Wann ist ein Rehkitz in Not?

- Wenn es sehr lange nach der Mutter fiept. Eine Ricke würde ihr Kitz nicht stundenlang rufen lassen.

- Wenn die Mutter Opfer eines Verkehrsunfalls wurde. In diesem Falle wartet das Rehkitz vergebens auf Futter.

- Wenn es schwer verletzt ist und von der Ricke aufgegeben wurde.

Die Farben der Pferde und Ponys

Pferde lassen sich gut an ihren Farben unterscheiden. Peppermint ist zum Beispiel ein Schecke.

Das sind die bekanntesten Pferdefarben:

Rappe:
ein Pferd mit schwarzem Fell.

Schecke:
ein Pferd mit gescheckten Fell, das heißt großen Flecken. Es kann braun-weiß oder auch schwarz-weiß gescheckt sein.

Brauner:
ein Pferd mit braunem bis rotbraunem Fell, schwarzer Mähne und schwarzem Schweif.

Falbe:
ein Pferd mit gelblich sandfarbenem Fell, dunklem Schweif und dunkler Mähne.

Fuchs:

ein Pferd mit rotbraunem Fell, mit rotbrauner Mähne und Schweif. Wenn sein Fell dunkler ist, nennt man es auch *Dunkelfuchs*.

Schimmel:

ein weißes Pferd. Es kommt normalerweise mit dunklem Fell auf die Welt und wird mit der Zeit langsam heller. Das nennt man „ausschimmeln".

Apfelschimmel:

wenn ein Schimmel noch nicht ausgeschimmelt hat. Die Zeichnungen im Fell verschwinden meist mit den Jahren und der Apfelschimmel wird zum Schimmel.

Palomino:

ein Pferd mit goldfarbenem Fell, mit silberweißer Mähne und Schweif.

Die Grundgangarten der Pferde

Pferde und Ponys haben drei verschiedene Grundgangarten. Je nachdem, wie schnell sie laufen wollen, bewegen sie die Beine in einem anderen Rhythmus. So sieht das aus:

Schritt:
die langsamste Gangart des Pferdes im Vierertakt

Trab:
eine mittelschnelle Gangart im Zweiertakt

Galopp:
die schnellste Gangart des Pferdes im Dreiertakt

Annies versunkener Apfelkuchen

Das brauchst du dazu:

200 g Mehl

ein Teelöffel Backpulver

ein Teelöffel Vanillezucker

drei Eier

200 g Zucker

200 g weiche Butter (Zimmertemperatur)

125 ml Milch

1 kg Boskop-Äpfel (gewogen mit Schale – das sind neun mittelgroße oder sieben dicke Äpfel)

eine Zitrone

etwas Margarine zum Fetten der Backform

Zimtzucker aus zwei Messerspitzen Zimt und drei Teelöffeln Zucker

Die Küchengeräte:

feines Sieb

elektrisches Handrührgerät

Rührschüssel

Messbecher

Springform

Und so wird' s gemacht:

1. Die Äpfel schälen, vierteln und das Kerngehäuse ausschneiden.
2. Den Backofen auf 175 Grad vorheizen (Gas: Stufe 2).
3. Mehl, Vanillezucker und Backpulver in eine große Schüssel sieben.
4. Zucker, Butter, Milch, Eier und den Saft einer Zitrone dazugeben.
5. Alles mit dem Handrührgerät zu einem glatten Teig rühren.
6. Die Apfelstücke fächerartig einritzen.
7. Die Springform fetten und den Teig einlaufen lassen.

8. Den Teig in schönem Muster mit den Äpfeln belegen.
9. Die Äpfel leicht in den Teig drücken.
10. Im vorgeheizten Backofen auf mittlerer Schiene backen.
    Elektroherd: ca. 50–60 Minuten bei 175 Grad
    Gasherd: ca. 50 Minuten bei Stufe 2
    Umluft etwas kürzer

Der Kuchen ist fertig, wenn er goldbraun und durchgebacken ist. Um das zu testen, stich mit einem Schaschlikstab in den Teig. Wenn nichts daran kleben bleibt, ist der Kuchen fertig.

11. Kuchen nach dem Backen etwas abkühlen lassen und erst dann die Springform öffnen.
12. Zimt und Zucker vermischen und über den Kuchen streuen.

Pony Peppermint

Möchtest du mehr von Pony Peppermint lesen?

Es gibt noch viele weitere Bände!

Ravensburger Bücher

Zauberhafter Anfang

Daniela Stern

Ein Freund für Holly

Pony Peppermint, Band 1

Peppermint ist das liebste Pony der Welt! Holly hat nur einen Wunsch: Sie möchte bei ihm im Stall übernachten. Da passiert etwas ganz Wunderbares ...

ISBN 978-3-473-**36713**-9

HC_11_015

www.ravensburger.de

Ravensburger

ISBN 978-3-473-**36714**-6